迷い道

倉持れい子
Reiko Kuramochi

文芸社

目次

距離

エレベーターの前で車椅子の老女は半べそをかいていた。本当は自分もエレベーターに乗り、来てくれた男の人を玄関まで見送りたかったのだ。男の人はよく見る顔だが、どこのだれだかは分かっていないらしい。

老女の背後で、淡いピンクのユニホームの女性から、「そんなに悲しまないのよ、また来てくれますからね」と声を掛けられるとようやく諦めたようだった。彼女は左手だけで器用に車椅子を回転させながら、その優しい声が嬉しかったのか何度も振り返っていた。

車椅子のその人は自分の部屋には戻らず、長い廊下をいつまでも行ったり来たりしていた。髪を短く切り詰めた彼女はたった今、半べそをかいていたことなど、もうまったく頭にないようだった。

西棟の五階の廊下には秋の夕陽が明るく長く差し込み、それがかえって年老いて浮き出てしまった右目の上の大きな染みを目立たせている。

車椅子の視線からは窓の外の色づいた枝振りの立派な木も赤い実をつけた高木も見えず、形を変えて流れていく雲が見られるだけだった。彼女は窓の外などはまったく見ることもなく、飽きもせず機械的に廊下を移動していた。

西棟の五階から下りてきた達夫は、不揃いの長髪をかきあげながら中庭を通り抜けた。

中庭の赤い実をつけた大きな木には「イイギリ」と名札が付いていていた。

中庭の向かいの東棟入口付近では、女性たちがまるで女学生のように笑い転げている。笑い声に合わせてピンクの裾が軽やかに揺れていた。長い髪を束ねた背の高い女性の、笑うのはもうおしまい、というような仕種で彼女たちは東棟の中に消えて行った。

達夫はそんな女性たちの姿を目の端で見ながら門を出るとバス停へ急いだ。街路樹のシラカシの繊細な葉が暮れなずむ秋の日を受けて揺れている。達夫にはなぜかバスの中から眺めるシラカシと東棟の入口で見掛けた女性たちがダブって見えた。


八幡様の急な石段に鳥居の淡い影が映る。

冬の昼下がり、男は底が磨り減ったズックを引きずり気味にしてゆっくり石段を上って行く。鮎子は高い背の男の影を踏みながら歩調を合わせて後について上った。

石段の途中で男は立ち止まり空を見上げた。鮎子も真似て眺めた。遠くに薄雲は見えるものの青く透明な空だった。すぐ下を都会の幹線道路が走っているとは思えぬ静けさだった。

「荷物、一つ持とうか」

男は振り返って手を伸ばした。鮎子は一瞬ためらったが、ありがとうと紙袋を預けた。石段を上り切った参道の両脇に屋台が並ぶ。飴屋と甘酒屋の匂いが入り交じり、唐辛子売りの声だけが耳につく。あとはどの店も屋台の中で売り手はぼんやり腰を掛け、手持ちぶさたのようだ。焼きそば屋やおでん屋は看板が出ているだけで、まだ店開きはしていない。妙にひっそりしている参道だった。正月の賑わいが過ぎた八幡様には参拝する人も疎らでけだるげな時間が流れていた。

紙袋をぶら提げた男はのっそり社殿の中に入り、ぐるっと見回すとそのまま出て来た。

「お参り、しないの？」

「ああ」

鮎子はもそもそ十円玉を一つ取り出すと形ばかりの参拝をした。何を祈るでなし頼むでなし、ただ頭を下げただけだった。隣に立つ眼鏡の若者は長い間、熱心に手を合わせている。それを見て鮎子はもう一度無造作に財布に手を入れ硬貨を摘み出した。賽銭箱に入ったのは百円玉だった。これは男の分、と思って頭を下げた。

男は境内の外れのベンチに腰掛けて鮎子を待っていた。

去年までこのベンチの色は剝げ、隅っこに釘も飛び出ていたが、すっかり修理され様変わりしていた。

冬の日脚は早く、澄み切っていた空の青さはすでにない。時折吹き抜ける風が散りそびれた枯れ葉を揺らす。堂々のイチョウの高木が空に向かって凛と枝を伸ばす。

「あれから何日経つかしら。この八幡様で秋晴れの日だったわね」

鮎子はイチョウの木を見上げる。

「うん、あの木の下で君は夢中になっていたよね」

男は紙袋を胸に抱え持ち、同じように上を見る。


去年の秋の晴れた日に、鮎子は銀杏を拾いに境内を歩いていた。下ばかりを見て目を凝らし、粒を見付けては屈んで拾い集めた。それをじっと見ている男がいることなど知りもせず薄暗くなるまで屈んでいた。

手元の袋がほぼ一杯になり帰り支度をしていた時、鮎子が拾い集めたのと同じくらい、もしかしたらそれ以上の銀杏がすっと差し出された。

「これも持っていきなよ」

驚く間もなく鮎子は銀杏を受け取っていた。男との出会いの瞬間だった。

「ずいぶん熱心に拾っていたね」

眼鏡の奥の目がとても大きかった。

「こんなにたくさん拾って商売でもするの？」

大きな目がいたずらっぽく笑った。

「はい、年寄りに高く売りつけるんです」

鮎子もふざけて答えた。

「そりゃいい。俺も分け前を貰おう」

男はおどけて手を出した。初対面なのに、銀杏を前に声を立てて笑い合った。

ジーパンのポケットに片手を突っ込んだ男は僅かに右肩上がりで、どこということなく不良っぽく見える。そのくせ妙に人懐っこく、ちょっとずり落ちた眼鏡と澄んだ目が鮎子の印象に残った。

たっぷりの銀杏を手にした鮎子は男に心をこめて礼を言った。男は照れ臭そうにそっぽを向いた。どことなく仕種がやんちゃな少年のようだった。

八幡様の急な石段を一緒に下り、鮎子は職場へ行くためにバス停へ向かった。男は石段の下で鮎子を見送ってくれた。鮎子がしばらく歩いてから振り返ると男はまだ同じ姿勢で佇んでいた。

八幡様の近くに住む男と、通勤途中八幡様に寄り道をする鮎子との縁だった。

晩秋が過ぎ冬になり、年を越した今、たくさんの銀杏を拾わせてくれたイチョウは冬の夕日の中でなおもたくましい。

ベンチに腰掛け、しばらく梢の天辺を眺めていた鮎子は梢から目を離さず、呟いた。

「北畑さん、今年こそ本名を教えて」

「ああ、仕事がうまくいったらな」

男は腕組みを解いて鮎子に視線を移した。

「ちょっとだけ良いニュースがある。俺の作品、予選を通過したんだ。暮れに連絡が入った。ここまでは何度も経験しているからあんまり喜ばないことにしてるんだ」

今度こそ、今年こそと力を注いで出品してきた油絵のことだ。太い眉が上下に動いて、淡々と話す割には得意そうだった。

「さっき、お祈りしてくれれば良かったわ。北畑さんの仕事がうまくいきますように、って」

男は初めて鮎子に笑顔を見せた。

「嬉しいね。俺のことなんか思ってくれて」

鮎子はちょっと照れて目を逸らせた。男は、君の照れ笑いが可愛い、と言ったことがあった。そんなことを意識しているわけではないが、つい、目を逸らせてしまうのだ。大きな賞を取ったら、新聞に載ったら、専門誌に取り上げられたら、そうなったら名前を教える、と言ったきり男は名前も教えてはくれない。それほど大層な人なのかと名乗りもしない男に呆れていた。鮎子は男がジャズシンガーの北畑和郎に似ていることから、勝手に北畑さんと命名していた。

昨年、秋が深まった頃、彼の作品が出品されている展覧会に誘われはしたが、鮎子の時間のやりくりがつかず、作品を見ることも名前を知るチャンスも失っていた。

以来、鮎子はこの五十に近い独身の貧乏絵描きと、ほんのたまに八幡様で顔を合わせるようになった。取りとめのない話はするがお互いに立ち入ったことは話しも聞きもしなかった。問わず語りのうちにお互いを知り合う程度だった。

ベンチが冷たい。体が冷えてくる。男はゆったり座ったまま立ち上がる気配はない。鮎子は寒さに堪え、かじかむ手をコートのポケットに入れて座っていた。

冷たいベンチに我慢してまで座っている。なぜか引かれるこの男のためだ。寒くはあったがそれは少しも嫌ではなかった。

腰掛けているベンチの足元に数羽いた雀が突然、一斉に飛び立った。中の一羽が甲高く鳴いていた。

さて、俺たちも立つか。男はおもむろに腰を上げた。いつの頃からか男は時々「俺たち」という言葉を使うようになっていた。鮎子はそれを聞くとわけもなく面映ゆかった。ベンチの後ろを回り、なだらかな狭い坂道を並んで下りた。少し遠回りにはなるが、八幡様からの帰りはいつもこの道と決まっていた。

シャリンバイやヒイラギナンテンの常緑が黄昏にはまだ間のある薄日の中で映えている。ふと触れた鮎子の冷たい手を、男の大きな温かい手がすっぽり包んだ。

坂道が大きく曲がるところで、男は立ち止まって鮎子の肩を引き寄せた。初めは額に、それから首筋に、そして唇に、緩やかな口づけは冷たい風の中でいつまでも続いた。鮎子は次第に力の抜けていく体を男の腕にすっかり預けていた。

男が持っていた紙袋が静寂を破り、鈍い音をたてて地面に落ちた。鮎子の長い髪が揺れた。だれかが通りはしまいかと慌てて辺りを見回した。

まったく予期せぬことだった、と言ったら嘘になる。どこかで何かを予感していたのかもしれない。だから怯えもせず男の腕に身を預けられたのだろう。紙袋が拾われると急に恥ずかしさが込み上げてきた。俯いたまま気恥ずかしさを隠すように、鮎子は微かに照れ笑いをしていた。

八幡様を下り切ると激しい車の往来でたちまち喧騒に包まれた。学生街のこの通りを、大きなバッグや楽器やスポーツ用具を抱えた若者が道幅一杯に広がって駅へ向かう。鮎子は下校する学生たちとは逆の道を歩み、バス停へ向かった。この後、男がどこへ向かうのか鮎子は知らない。男は時計をちらっと見るとまだ時間はあるよね、と妙な言い方をする。確かに夜勤のタイムカードを押すまでにはまだ充分の時間があった。

「カレーでも食おうか。腹ごしらえが必要だろうし」

まるで鮎子の行動を知っているかのように男はカレー屋の看板の前で足を止めた。

「昼飯、食いそこなってね。腹ぺこなんだ」

男は大盛りのカツカレーを、鮎子はチキンカレーを注文した。福神漬けをカツの脇に大量に乗せ、大口で食べ、水を何杯もお代わりした。よほどおなかが空いていたと見え、大盛りカレーを瞬く間に食べてしまった。

男との初めての食事だった。男は左利きだと知った。

いつかゆっくり食事をしたいな、と男は呟いた。鮎子は返事をしなかった。男との距離は今のままでいいと思っている。


中庭のイイギリの赤い実が寂しい冬空に彩りを添えている。鮎子は房になった赤い実を見上げながら東棟の入口をくぐった。一階事務室でタイムカードを押すと三階の更衣室に急ぎ、淡いピンクのユニホームに着替えた。

日勤者からの綿密な申し送りが始まる。

「花井さん、今日はすっかり熱が下がりました」

「ハルちゃん、夜中のトイレは二回です。よろしく」

「浅岡さん、見舞い客が多くてまだ興奮が治まっていません。注意していてください」

「中里さんのおじいちゃん、この頃、徘徊がひどくなっています。見回りを多くするように」

「健じいちゃん、今夜もおむつをはかせてあります」

「お洒落のカヨさん、夜中に座って独り言が始まりました。じょうずに宥めて寝かせてください」

「今日の夜勤の先生は浜村先生です」

「その他の人たちは特別伝えることはありません。いつもの通りでよろしくお願いします」などなど、夜勤者は緊張して申し送りを聞き取る。

鮎子は長い髪を束ね、濃い目の熱いお茶をゆっくり飲み、それから病室へ向かった。

特別養護老人ホーム、ケアポート花房の長い夜がこれから始まろうとしている。

お洒落のカヨさんが夢中になってセーターの毛玉を取っている。取った毛玉はベッドの上でふわふわ浮いてあちこちに散らばっている。鮎子はさり気なくそれらを始末し、そろそろ夕食ですよ、と声を掛ける。カヨさんはぱっと顔を上げ、鮎子に、ふふっと笑顔を見せると再び毛玉取りの手を動かした。この後なかなか食堂まで来ないで、職員の手を煩わすのはいつものことなのだ。

熱の下がった花井さんはおなかが空いた、おなかが空いたと鮎子に食事をせがむ。車椅子に中里さんのおじいちゃんを乗せ、食堂に連れていくともうほとんどの人が集まり、配膳を待っていた。

エプロンを付け、お絞りで手を拭いじっと待つ人、そわそわ歩き出してしまう人、隣にお節介の手を出しけんかをする人などなどの間を縫って各テーブルにお盆を運ぶ。

普通食から刻み食、トロミ食、流動食など症状に合わせたメニューはどれも調理する人の心が籠もってお盆に並んでいる。一人で食べられる人もスプーンで食べさせてもらう人も食事時が一番嬉しいらしく、目にも元気が見えてくる。

直接、胃に管を通して栄養を運ぶ胃瘻《いろう》造設の原口さんが窓際の車椅子の上からじっとこちらのテーブルを見ている。鮎子は部屋の隅に置いてあるカセットレコーダーのスイッチを入れた。原口さんの視線が鮎子を追った。中には原口さんの好きな「歌のない懐かしのメロディー」が入っている。鮎子は原口さんのために少しだけボリュームを上げた。

食事が済むと就寝の手助けが始まる。一人でどんどん支度のできる人はほとんどいない。歯磨きからパジャマの着替え、トイレットの介助やおむつ交換、バイタルチェックに投薬、水分補給と仕事は続く。

すべてのことが流れるようにスムーズにいくことなどはあり得ず、毎日、いつどこで何が起きるか分からない。夕飯までは元気でいても次には何が起きるか、何を起こすか、気の休まる時はない。でも、鮎子は入所している人と関わりながらのその緊張が好きだった。

初めてこの仕事についた頃は、張り切って力んで頑張って一所懸命でとにかく夢中だった。少しは慣れてきた今、多少のアクシデントにもハプニングにもあまりおたおたせずに対応できるようになってきた。それでも夜勤は緊張する。日勤の遅番も帰った後は小人数での対応となり、朝まで何事も起きませんように、と願わずにはいられない。

中里さんのおじいちゃんの部屋が気になる。夜中に起き出して他の人まで起こされるとこれは困るのだ。元気がいいおじいちゃんは声も大きい。

危うい時があった。鮎子はうまく食堂へ連れ出した。白湯を飲ませ、しばらくおじいちゃんの自慢話を聞いていた。そろそろ家へ帰りましょうか、と腕を組むポーズで立ち上がると幸い鮎子の腕に手を掛け、意気揚々と病室へ戻った。なかなかベッドに入ろうとはしなかったが、お気に入りのセーターを抱かせるとようやく寝てくれた。どうぞ朝までこのままで、と足を忍ばせて部屋から出た。

休憩を挟みながら朝までの間に排泄介助と四回の巡回がある。日勤の早番への申し送り準備をし、記録のペンをとる。老人の朝は早い。排泄介助に起床の着替えにと仕事は絶え間なく、待ったなしで続き新しい一日が始まる。

日勤者へのバトンタッチが済むと鮎子は再び熱い濃いお茶を飲み干した。長かった夜が明けた。この日が過ぎれば夜勤はしばらくは回ってこない。

帰り際に、来週、西棟から一人移動してくることを知らされた。また新たな出会いが始まるな、と鮎子は疲れた頭でぼんやり考えながら帰りのタイムカードを押した。

独り住まいの鮎子には家に帰って貪るように眠る自由があった。世間の大半が動き始める朝の時間を、鮎子はひたすら眠ることだけを考えて家路を急いだ。疲れ切っている体はよけいなことを考える暇を与えず深い眠りに誘ってくれた。

かつての夫の腐ったような酒臭い息も、醜い脛毛の足で蹴られる怯えも、グローブのように見える掌で叩かれる恐れもこの頃は滅多に思い出すことはなかった。平時は温厚ですらあるのに、酒を浴びた時の夫は手がつけられなかった。そんな男に怒鳴り散らしもせず食らいつきもせず愚痴も零《こぼ》さず、ただじっと耐えている自分が大嫌いだった。離れたい、逃れたいと思うだけで行動には移せなかった自分が惨めだった。後が怖くて怯えている自分がいとおしかった。

身動きのできない枯れ枝のような年寄りを介護している人の映像をテレビで見た。その時、たとえ半殺しの目に遭おうとこの夫から離れようと決心した。一大決心だった。兄夫婦の理解と協力を得て鮎子は独り立ちすることができた。子供がいなかったことがせめてもの救いだった。施設に就職できたときは四十を過ぎていた。

夜勤明けの深い眠りの途中だろうか、鮎子は八幡様で出会った男の夢を見た。夢のストーリーは覚えていない。目覚めてから夢を見たことだけは覚えていた。


新たな週が始まり、西棟から移って来た人は車椅子の女性だった。名前をフミと言い、西棟からの申し送りでは行動範囲が広いように記されている。でも、まだ慣れていないためか物静かで恥ずかしがりやのように見受けられた。

今日は機械浴の入浴日で鮎子が入浴の介助を受け持つ。

「フミさん、お風呂にいきましょうね」

鮎子の声掛けにいともあっさり乗ってきた。

特別浴室の浴槽にたっぷりの湯を張り、タオルや着替えを用意し、助手のパート職員が車椅子のフミさんを連れてくる。脱衣後、車椅子から機械浴専用のストレッチャーに移し広い浴室に入った。

「お風呂は好き?」

ほとんど無表情だったフミさんの顔がほころび鮎子と目が合った。右半身が不自由なフミさんは小柄だが適当な肉付きで、どちらかと言うとずっしりしていた。髪は短くシャンプーがしやすい。

「顔を洗いますよ、目をつぶってね」

右目の上には大きな染みがあった。シャワーを掛けながら爪先まで丹念に洗い流す間、何を話し掛けても無言だった。ストレッチャーごと静かに浴槽に沈めると、よほど気持ちが良いのか、ほかのだれもがするようにフミさんも眠ってしまった。鮎子は浴槽の中でフミさんの硬直した手足をゆっくり揉みほぐした。

すっかり温まり、上気した体に手早く衣服を着せ再び車椅子に座らせるまで、表情の変化を見せたのは初めに顔をほころばせた時だけだった。

お洒落のカヨさんは入浴を嫌がり、いつものことながらかなりてこずらせ、やっとのことで浴室まで連れてくる。ここまで来てしまえばさきほどのことが嘘のように喜んで風呂に入るのもいつもと同じだった。

次々と連れてこられる人の衣服を手際良く脱がせ、ストレッチャーに乗せて体を洗い湯に浸す。礼を言う人、むっつりしている人、眠ってしまう人、意に添わぬらしくわめく人、大小便を漏らす人、衣服の着せ替えに協力する人、突っ張る人。いろいろいて、いろいろ忙しい。

午前中に入浴の仕事を済ませた鮎子は、汗を拭きふき冷たい麦茶で喉を潤した。終始無言だったフミさんはすっかり慣れたふうで、車椅子で廊下を行ったり来たりしていた。

ふと、三階の廊下を曲がった人影が八幡様で出会う北畑さんに見えた。もちろん、錯覚に違いない。この間は夢にまで見て、今また人違いをしている。

シゴト、シゴト。夢も錯覚も振り払って鮎子は自分に言い聞かせると昼食のために各部屋から花井さんやハルちゃん、健じいちゃんたちを食堂に連れ出し、エプロンやお絞りの用意を始めた。

男はいつまでも鮎子と同じ道を歩いてくる。

「まずいわ」

「かまうもんか」

「やっぱりまずいわ」

「だって同じ所へ行くんだよ。いいじゃないか、一緒に行ったたって」

「だめよ。第一、もう面会の時間はとっくに過ぎている」

「時間外で入れてもらう」

「勝手な人！」

鮎子は早足で先を急いだ。鮎子の早足など男にとってはわけもなく、距離はすぐに縮む。さらに鮎子は早足を続ける。交差点を突っ切りバス停へ向かう二人の距離は保たれたままだ。振り切ろうとしたところで男はすぐに追いついてきた。

「俺、受賞したよ」

鮎子の耳元に突然男の声が届く。

「本当？」

鮎子の足が緩み、肩をならべて歩く羽目になった。名前を教えてくれる約束を男は覚えているだろうか。

「俺の名前、香川。香川達夫っていうんだ。明日の夕刊に載るはずだ。ほんとだよ」

「おめでとう。香川さん」

やっと鮎子は男の顔を見た。香川は唇を結んだまま、目で嬉しそうに笑っている。

バスが来た。二人はバスの後部に席を取り、鮎子はずっと香川の受賞した絵の話に耳を傾けていた。夢も希望も聞かされた。香川達夫は大きな目をぱちぱちさせながら次第に声が大きくなっていった。

車窓から見えるシラカシの街路樹が遥か先まで一直線に並び、豊かな葉を揺らしていた。名ばかりの立春が過ぎ、本当の春が待ちどおしい。

目を凝らしてよく見れば八幡様の木々には明らかに春の兆しが現れている。

あの時、三階の廊下を曲がった人影が北畑さんのように見えたのはやはり当たっていた。信じられなかった。香川達夫が西棟から移ってきたフミさんの身内の人だったとは。

「フミ叔母ちゃんは俺の義理の叔母。叔父も死んじゃって叔母ちゃんも俺も独りぼっち。ちょっと惚けちゃってもう俺のことも分からないらしいが、唯一の身内だからな」

「それにしても驚いたわ。北畑さんが、いえ、香川さんがフミさんの義理の甥だなんて」

「俺のほうこそ驚きだよ。フミ叔母ちゃんが君に世話になっているだなんて」

正月明けの八幡様以来、久し振りにイチョウを見上げながらの語らいだった。

「私がケアポート花房の職員だっていうこと、いつ頃知ったの？」

「フミ叔母ちゃんが東棟に移った頃。事務室を出ていく君を見掛けたんだ。ああ、やっぱり、と思ったね」

「やっぱり？」

「うん、だいぶ前だけど中庭から見掛けた君らしい人と、銀杏拾いをしていた君がなんとなくダブって見えたんだ」

「それだけ？」

「ここから帰るとき、八幡様を下りると君はバス停に向かう。ケアポート花房方面のね」

「お互いに身の上話なんてほとんどしなかったからね」

「殊に君はね。俺のことを警戒していてガードが堅い」

香川は言い切った。

少し歩こうか、と香川はベンチを立った。鮎子は座ったままでいた。香川の言葉を気にしているのだ。

「鮎子さん。そう呼んでもいいかな」

鮎子は一瞬戸惑ったが、「いいわ」と香川を見上げ、素直に答えた。立ち上がらない鮎子を見て、香川は再びベンチに腰を下ろした。

「私も今は独り暮らしなの」

「独りぼっちじゃないんだろ？」

「ええ。遠くの街には兄一家がいるわ。甥も姪もね」

「フミ叔母ちゃんにはこんな俺でも俺が側にいるけど、叔母ちゃんがいなくなっちゃったら俺は寂しいだろうな」

「香川さんには絵があるわ」

「君にだって、鮎子さんにだって尊い仕事がある」

鮎子はそれには応えなかった。

「香川さんがいなくなっても絵が残る。それも世間に認められた作品がね」

「そりゃあそうかもしれないが」

「いつだったか、考えて考えて考え抜いて筆を執るって言ったことがあったわね」

「すべての作品がそういうわけではないけどね」

鮎子は男のそんな生き方がとても羨ましいと思った。

鮎子は早番、遅番、夜勤と日々目まぐるしく動き、考え抜くなどということは生活の中になかった。

食べて飲んで排泄して、それらの介助に明け暮れ、着替えと歩行と風呂とそして細やかなレクリエーションの手助けをして、それの繰り返しで、頭の中が少し疲れていた。望んでこの仕事を選んだのに、鮎子は少々疲れてきた。このまま、この仕事を続けていこうか、迷いが出ていた。夢も希望も忙しすぎて考えられなかった。

「確かに絵は俺にとって子供みたいなもんだけど、ひと度俺の手を離れれば、どこでどう評価されるか分からない。だから良い評価を得て、もしかしたらもっとうまくいくかもしれないなんて期待はしないね」

「評価の期待に応えるんじゃないの？」

「いや、違うね。期待なんかするから悩むんだよ。迷うんだよ。考え抜いて仕事をした後はさらっといくんだ。さらっとね。俺はそう思う」

鮎子は香川の言葉を反芻していた。

「そう思うようになってからだね。少し上向いてきたのは」

鮎子は反芻しながら反発していた。

「とにかく香川さんには香川さんが消えても絵が残る。私は疲れるだけで何も残らない」

「君、それは違うと思うよ」

「違わないわ。厳然たる事実よ」

「君って意外と頑固なんだね」

鮎子は肩を竦めた。香川は笑った。鮎子もつられて笑った。さらっと派と頑固派の距離は縮みそうにない。

「今度から鮎子さんではなくガンコさんと呼ぶか」

「まあ、いじわる！」

何人もの入所者の、日に何回ものオシッコとウンチの介助に疲れてきた鮎子に、香川の言う「さらっと」はいい話だった。頑固と言われた割には素直に聞いていた。

香川のように作品が残らなくてもよい。鮎子は自分でも気づかないうちに、何かをどこかに期待していたから迷っていたのかもしれない。鮎子は初心を忘れていることに思い至った。夫から逃れられさえしたら、と起こした行動ではなかったのか。

「期待なんかするから悩むのか……」

あれ、ガンコさんが素直になった、と香川はからかう。

「今度、どこかで飯でも食おう」

いつかカレーを食べた時も同じことを言っていた。鮎子は今度も返事をしなかった。幸い、頑固者と思われている。潜在的にどこかで男性というものが怖かった。

鮎子は香川との距離はこのままにしておきたかった。

バス停へ向かう鮎子を、香川はいつまでも見送っていた。初めての出会いの時のように。

それからその後、八幡様の社殿で賽銭を投げ入れ、いつまでも手を合わせていた香川達夫を、鮎子は知らなかった。

秋隣

久里浜行き地下ホームの先端に岡村は立っていた。

五十男の岡村はそこに立っているだけで目立っていた。野球帽のような帽子とグレーの上着は新しそうで奈美は初めて見るものだった。見慣れたズボンに履き古したスニーカーとの組み合わせがちぐはぐで、今日の岡村は立姿も含めて垢抜けていなかった。

下り階段の途中から岡村を見付けた奈美は慌ててイヤリングとブレスレットを外した。精一杯のおしゃれをしたくて母には見咎められぬように家を出た後、道すがら身を飾り立てたものの、これでは連れ立って歩くにはアンバランスすぎる。紺地に水玉柄のワンピース、ローヒールの革靴では奈美のほうが気が引けてしまう。

折しも久里浜行きの電車が入線してきた。

おはよう。お待たせしまして。と短い言葉のやり取りだけで混雑する電車に乗り込み、しばらくはお互いに黙ったままだった。四つ五つの駅を過ぎた頃、無理をさせちゃったね、と岡村は窓の外を見たまま呟いた。事故も事件も絶対起こさず夕方までには家に戻らなくては、と奈美も景色から目を逸らさず答えた。

横浜駅を過ぎる頃から電車は空いてきた。岡村は額の汗を拭い上着を脱いで奈美の隣に腰掛けた。左の腕の外側に目立つ黒子が一つあった。腕には毛がふさふさ生えていた。離婚した夫にはなかったもので、奈美は珍しいものでも見るように岡村の腕をぼんやり眺めていた。岡村には離婚したことは話していない。隠すつもりはないが再会した時から話しそびれ、あえて話す気も起きなかった。お互いに家族の話をすることは滅多になかった。

車内放送が鎌倉駅を告げている。平日のせいか、鎌倉で降りる人は疎らだった。

夏の盛りを過ぎた由比ケ浜沿いの道を車がスピードを上げて行き交う。岡村は帽子をあみだに被り陽射しを避けている。

「君、変わったね」

「どんなふうに？」

「どんなふうって、学校の頃よりはさ」

「それはそうよ。三十数年も昔ですもの、変わりはするわ」

奈美は肩に預けた日傘をくるくる回しながら岡村を見上げた。遠くの海でヨットの帆が明かりの点滅のように、時折白く光っている。

「さあて、どっちへ行こうか。昼飯は旨いものを食おう」

「まだ歩き始めたばかりなのに」

「奈美ちゃんと一緒に飯を食いたい。男は単純なんだよ」

「回転寿司って行ったことある?」

「今時、行ったことない人なんているかな。奈美ちゃんはないの?」

奈美は答の代わりに足を止めて水平線に目を移した。大島の淡い影が縮緬状の波の向こうに浮いていた。

「やっぱり変わったよ。おしゃべりでおきゃんだったもん」

「相手によりけりよ。大切な人には余計なおしゃべりはしない。いつの間にかそうなってしまったの」

「僕は君にとって大切な人って受け取っていいかな」

「さあ、どうだか」

信号待ちの交差点で奈美は答をはぐらかした。

当てのない散策だった。通りを横切ると住宅街に紛れ込んだ。道幅は狭まり人通りもほとんどない。ほんのたまに自転車がゆっくり通り抜ける。若者が曲芸の自転車のように素早く走り去るような街中の風景とはほど遠かった。

辺りは門構えのある広い敷地の家が多く、庭木も手入れが行き届いている。奈美の住むアパート、楓荘一棟分も二棟分もがこの地では一軒ほどの広さなのだ。

楓荘の入り口の植木鉢が割れていた。割れるはずのない所に置いてあったのに割れてゼラニウムの根っこがはみ出していた。内臓を出された生き物のようで奈美は目を逸らせた。管理人のおじさんがぐちぐち言いながら片付けるに違いない。ずり落ちた眼鏡越しに上目遣いでアパートの住民の一人一人に疑いを掛けて鉢を始末するだろう。きっと奈美の母には一番の疑いを掛けるだろう。母と醜い言い争いをするだろう。目の下がひどく弛んだおじさんと爬虫類のような瞼の母とが視線を絡ませて醜い姿を曝すだろう。

せっかく岡村との散策を楽しんでいるのに、アパートのゼラニウムの鉢のことなど思い出してしまった。うつむき加減に歩いていた奈美は足元の小石を蹴飛ばした。驚いた岡村が足を止め、奈美の手を握った。奈美はされるままにしていた。岡村の掌は肉厚で暖かく、奈美の手は夏でも冷たかった。

今日は母の薬を取りに行く日だったことを突然思い出した。母はどこへでも勝手に出歩くくせに自分の薬は奈美に取りに行かせる。それも頼む、というのではなく偉ぶって従わせるのが母のやり方だった。岡村の掌の中で母を思い出したことが忌ましかった。薬のことはとぼけてしまおう。母に詰られたってかまいはしない。奈美は岡村の手を握り返した。岡村からも更に力が加わった。

四辻を曲がった数件先が広い空地になっていた。廻らされた塀が崩れかかり、枯れたフウセンカズラが垂れ下がっていた。踏み石の脇には勢いをなくした夏草が茂っていた。屋敷跡は干涸びた動物の死骸のようだった。

ベニカナメモチの生け垣が自慢だった奈美の田舎の実家跡は今頃どうなっているだろう。あのままだれかが住んでいるのか、それとも取り壊されて瀟洒なマンションでも建ったか。もしかしたら砂利を敷き詰めただけの駐車場かもしれない。まさか、まさか、ベニカナメモチにヘクソカズラなどが巻き付いてはいまい。筒状の白い小花が夏の陽に向かって偉そうに咲いてはいまい。毟っても毟っても巻き付いて離れず、悪臭を放ちながらベニカナメモチを席巻してはいまい。奈美の母のように……。

住宅街が跡切れ、表通りに出るとどちらともなく繋いでいた手を離した。銀髪の二人連れが寄り添いお洒落をしてそろそろと歩いている。眩しいほどの老夫婦に見えた。奈美の周辺にはどこを見回してもそれに似た老夫妻はいなかった。

駅前スーパーの地下食品売り場で岡村を見掛けたのは何年前だったか。奈美は目を疑った。思わず岡村君？　と声を掛けそうになった。生徒会の役員を格好よくこなして人気者だった岡村君が今、ここにいる。中学のクラスメートの噂話で国立大学を中退したらしいことは聞いていた。その岡村が急行も止まらない私鉄沿線のスーパーの食品売り場にいる。奈美は遠目ながら岡村をじっと見ていた。いつでもびっくりしたようなぱっちり開いた大きな目は岡村に間違いなかった。愛嬌のあるちょんと付いた鼻は今では威厳をもって顔のバランスを保ち、豊かな髪はやや長めでさり気なく整えられている。高級そうなスーツに重たそうなブリーフケース、手には束ねた書類を持ちスーパー側の偉そうな二人と商品棚の前でてきぱきやり取りをしている。とても気安く岡村君などと声を掛けられる雰囲気ではなかった。踵のすりへったサンダル、安物のブラウスに着古したスカートの奈美は髪飾りの一つもささず無造作に束ねただけの頭に思わず手をやり撫でつけていた。

彼等三人が別の陳列棚へ移動するのを折に奈美は岡村から目を離した。それからいつものように特売品ばかりを探しながら幾つかの食材を籠に入れ、レジに並んだ。

背後から聞こえたのは紛れもなく岡村の声だった。

「奈美ちゃん？　奈美ちゃんじゃないか」

思わず体が強張った。悪いことをしているわけでもないのに逃げ出したい思いだった。岡村の存在を知っていただけにどうしようかとうろたえた。強張った笑顔でさも驚いたふうに短い挨拶を交わした。そんな奈美には頓着せず再会を喜んでいる岡村はレジが済むまで待っているからね、と言って人込みに紛れた。彼は一階出口で奈美の来るのを待っていた。

「何年ぶりだろうね、くっきりした二重瞼で奈美ちゃんだとすぐに分かったよ」

母の顔に似なくて良かったとこの時も瞬間に思った。早死にした父は彫りの深い端正な顔立ちの人だった。奈美は目を上げ、初めて岡村の顔をまともに見た。

「クラス会にもちっとも顔出さないじゃないか。皆で気にしていたんだよ」

クラス会なんて落ちぶれた人間は出ていけない。亭主運が悪く、子供にも恵まれず、わからずやの母と二人暮らしの奈美にとってそれはもう縁遠いものとなっていた。

岡村は奈美の近況を知りたがって矢継ぎ早に奈美に質問を浴びせてきた。そのほとんどに奈美は答えたくなかった。岡村はありがたいことに深追いはしてこなかった。

職のなかった奈美がスーパーの掃除婦として働けるようになったのはその週の終わりだ

った。岡村の素早い対応と心配りに奈美は心を込めて頭を下げた。

職場の先輩の反感を買わないよう、控え目に、黙々と働いた。岡村の好意に応えようと奈美は階段の隅々までを、便器の内側までも丁寧に磨いた。見えないところの桟も壁の染みも埃も払い、汚れをこそぎ落とした。日々、奈美の染みも汚れも薄らいでいくようにさえ感じた。仕事を始めてみると奈美の性に合っていたのか、おもしろく働くことができた。

生き生きと働き出した奈美の行動に母はいちいち目を光らせてきた。まるで姑根性のように醜く疎ましかった。母の魂を掃除してやりたかった。

口紅の色、替えたんじゃないか？　替えるわけないでしょ、一本買えば何年持つと思うの。こんなにちびた紅をずっと使っているのよ。よく見てよ。

帰りの時間がいつもより二十分遅かった。だれと会っていたんだ？　だれとも会ってなんかいないわ。雑貨を買いに行っただけよ。ちょっとでも足りないと騒ぐのはだれなの？　食べたことのない献立を並べた。一人で食べてきてそれを試したんだろ？　職場の人に教えてもらったのよ。上手にできたのよ。手間を掛けて作ったのよ。おいしかったでしょ？

角の八百屋のおばちゃんから聞いたんだ。バス停におまえ立っていたんだってね。一体、どこに行こうとしてたんだ？　ああ、もういい！　もういい。ほっといて。一人にさせて！

住宅街を離れ、由比ケ浜大通りに出ると駅や観光地へのバスが頻繁に行き交いしていた。

「ここからバスに乗る？　もう少し歩く？」

「歩きたいわ」

かなりありそうだけど極楽寺辺りまで歩いてみようか。話が決まると岡村は歩道を先に立って歩き始めた。大通りには鎌倉彫や陶磁器、美術骨董などの老舗が並んでいる。奈美は時折足を止めてはショーウインドーに額をつけて覗きこんだ。岡村はあまり興味はないらしく奈美が歩き出すのを道の端で待っていた。少しも急かせるふうはなくおっとり立っていてくれるので奈美は安心して楽しむことができた。

別れた夫はせっかちだった。いつも早く早くと奈美を急き立てた。急き立てられはしたが奈美は自分流のやり方で行動し、夫もそれを咎めることはなかった。

ついでに母も自分勝手でせっかちだった。奈美は夫のせっかちは嫌ではなかったが母のせっかちは嫌いだった。それが嫌なのではなく、母が嫌いだったのかもしれない。

岡村は五叉路で立ち止まった。こっちのほうに文学館があるらしい、と奈美を促す。夏の木立ちが、緩やかにカーブした上り坂の両側を覆う。聞こえてくるのは葉ずれの音だけだ。その文学館は旧前田家別邸で海を見下ろすのにほどよい丘の上にあった。

丘の上から眺める夏の終わりの海は静かだった。二人は並んで石段に腰を下ろし、薄ぼんやりした水平線をいつまでも眺めていた。座っているだけで心地好かった。

こんなことがいつかどこかであったっけ。夫とだったたか、友達とだったたか奈美は記憶を探った。母とではないことは確かなことだったが結局思い出すことはできなかった。

夏の盛りは賑わったであろう館内も今はほとんど人気がなく、気ままに見て歩くことができる。こんどは岡村が展示作品を熱心に見入る番だった。鎌倉文士の原稿や書簡、色紙や図書などを食い入るように見詰めていた。奈美は一通り歩き回ると岡村の邪魔にならないようにベランダに出て再び水平線を眺めていた。

岡村とこんな所にいることが不思議だった。駅前スーパーでの出会い以来、奈美のプライベートの部分を探ろうとはしなかった。岡村のそんな性質が好きだった。だから夫とは理不尽な別れ方をしたことも、反りの合わない母と暮らしていることも岡村は知らない。

母はろくな知識もないまま詐欺まがいの儲け話に調子良く乗り、奈美や周囲の意見には耳も貸さず突っ走っていった。口達者に鼠講のような罠に夫を引きずり込んだことが許せなかった。責められるは母であり、決して夫が弱かったのでもなく悪かったのでもない。

目立たぬようにか細く出した芽をそっと伸ばし、やがてじわじわと太くしぶとく蔓を伸ばす夏草がある。蔓は周辺の何にでも絡み付く。その草のように、静かにそっと夫に近付き巻き付いて生気を奪い取ってしまった母のやり方が憎かった。身動きできないほどに絡まれた夫はもう振りほどく力もなかった。

母があんな馬鹿なことに手を染めさえしなければ故郷の家を失うこともなかったし、母に傷付けられた夫と別れることもなかった。夫は奈美の背後に母がいることで、もはや奈美との暮らしはいたたまれないと去って行った。どんなに引き止めても母がいる限りそれは無駄だと知った。夫には詫びても詫び切れるものではなかった。

母に愛された記憶も母をいとおしむ気持ちもすべて帳消しになった。どれほど考えても母の長所はもう思い浮かばなかった。

故郷に汚点を残し奈美の結婚生活を破綻させた母に、責任を感じて恥じ入るような殊勝さは微塵もなかった。悪びれるどころかけろっとして、しゃあしゃあとして当然のように奈美のところに転がり込んで来た。親を捨てるような娘ではない、と母は見越していた。

奈美の大切な夫を切り捨てて平然としているこの母と、古ぼけた狭いアパートで一緒に暮らす羽目になってしまった。もはやこの母からは逃れられないと観念した。

奈美は、母と同じ血が自分の中に流れていることがおぞましかった。


文学館のベランダから眺める水平線の彼方に船が浮く。多分、大きな大きな船に違いない。あの船で、だれが何しに何処へいくのだろう。

あんなに大きな船でなくていい。小さな小さなボートでいい。せめて心だけは自由に漂いたい。水平線の船を見ながら奈美の目に涙が盛り上がってきたことに奈美自身気づかなかった。ましてやそれを岡村が見ていたことなど……。


表通りに出ると岡村は忙しなく辺りを見回している。

「何を探しているの?」

「回転寿司屋をさ」

「あら、いいのに」

さきほどのちょっとした会話を覚えていてくれたことが嬉しかった。回転寿司など食べなくてもすっかり食べたような気にさえなった。海岸通りに出ればあるかもしれない、と岡村はなおも探そうとする。

奈美は蕎麦屋の看板を見掛け、岡村を促した。

歩いた後のビールが喉に染み透る。蕎麦が出てくるまではかなり掛りそうな気配、ゆっくりビールを楽しむことにした。もしも、夫なら何度も何度も厨房に目を走らせるだろう。もしも、母なら店員を呼びつけ、まだかまだかと急かせるだろう。こうして岡村といながらも心のどこかに母と夫が住んでいて折々奈美の前に姿を現し、奈美を悩ませた。

「リストラされたんだ。家内にも逃げられた」

空になったビールグラスを置くと岡村は藪から棒に自分のことを話し出した。

思いも掛けぬことを聞かされた。奈美は言葉を探した。

「遮二無二働きすぎた。今は空しい」

奈美には言葉が見付からなかった。話題はとぎれた。

岡村は傍らに置いてあった帽子を捻った。新しそうな帽子が悲鳴を上げたかに見えた。

駅前スーパーで見掛けた岡村はてきぱきと行動し溌剌としていた。リストラされて妻が去って行った。近頃では珍しくもない話だが目の前の岡村さえもそうだったとは……。

「旦那さんは元気?」

これも唐突だった。

「お陰様で」

奈美は咄嗟に答えた。

「サラリーマン？　景気はどう？」

「辛うじて」

蕎麦が運ばれて来てさいわい話が中断された。家族のことには触れられたくはなかった。待たされたが、香りの良い薬味と汁で品のある更級蕎麦だった。

「奈美ちゃんはなんとなく秘密めいているよな。もしかして苦労してるんじゃない？」

岡村の大きな目玉が奈美の瞳を捕らえた。奈美は黙って目を伏せた。岡村はそれ以上は聞かないでくれた。

奈美は顔を上げて話題を戻した。

「岡村さん、リストラされてそれで今は何しているの？」

「今は自由人、ちょっと一休みさ。仕事の当てはあるんだ。しばらくしたら動き出す。ほんとだよ」

岡村の語調に明るさが戻り、なんとなく張り詰めていた空気が和んだ。

ああ旨かったと岡村はぽんと腹を叩き勢いよく席を立った。本当においしい蕎麦だった。帽子を置き忘れていた。奈美はちょっとだけ帽子の匂いを嗅いだ。初めて知った岡村の匂いだった。それからさり気なく岡村に手渡した。岡村は無造作に帽子を被った。

岡村はちらっと時計を見た。奈美も忘れていた時間のことを思い出し帰宅までの行程を慌てて逆算した。

この道を行ってみようか。大仏坂切通しに出るらしい。岡村は海を背にして歩き出した。観光バスが行き交い道の両側にはみやげもの屋が並ぶ。大仏前を過ぎた辺りから人通りはめっきり減り静けさが戻った。

切通しのトンネルの手前で奈美はためらった。この先を行けば戻ってこられないかもしれない。更に先へ進みそうで時間を忘れてしまいそうで、すべてを委ねてしまいそうで。道の脇に狭い上り階段があった。見上げれば、どうやらその石段はトンネルの上を横切っているらしい。岡村がどうする？　といった目付きで奈美を見た。ふと、後ろから歩いてきた若い二人連れが歩調を変えずに石段を上り始めた。首にタオルを掛けた青年と腰に上着を巻き付けた長い髪の女性はどんどん歩いてすぐに視界から消えた。

それを見て奈美も石段を上り始めた。トンネルの上まで行ったら下りてくるつもりだった。石段はかなり急でとても狭い。雑多な夏草が生い茂り道を塞いでいる。蔓手毬《つるでまり》に足を取られそうになる。棘でもありそうな蔓があちこちに絡み付く。奈美は服などに引っ掛けないよう、手足を傷付けないよう十分注意して上っていった。

後ろで岡村が頓狂な声を上げた。棘で腕を引っ掻いたらしい。子供のように大袈裟に騒ぐ岡村が滑稽だった。

トンネルの上を風が吹き抜ける。草が邪魔して四方が見えるわけではないが切通しの向こう側が見下ろせる。さきほどの二人連れかと思える人も目に入る。入道雲に混じって秋の雲が漂う。消えそびれたみんみん蟬とつくつくぼうしが夏の終わりを取り合って鳴いている。

ふと、さきほどの帽子の匂いを感じた。

いきなり背後から抱きすくめられた。奈美は抗いようもなく体を強張らせ、立ち尽くすしかなかった。次第に奈美の力が緩んでいく。岡村の力はさらに増す。

オーシンツクツク、オーシンツクツク。つくつくぼうしが四方から聞こえてくる。合いの手を入れるようにみんみん蟬が控え目に鳴く。つくつくぼうしのリズムに合わせて奈美を後ろから抱いたまま岡村が体を左右に揺する。蟬の声が一斉に止むと岡村も動きを止める。

小船で揺れているようだった。小さな小さなボートかもしれない。

奈美の首筋に熱い息がかかった。調子はずれのみんみん蟬が再び鳴き出した。

岡村と向かい合ったのはほんの数秒だったのかもしれない。なのになんと長く感じたことか。奈美が夫と最後に唇を合わせたのは何年前だったろう。岡村の腕の中で、去っていった夫が過《よぎ》って消えた。数秒の余韻がいつまでも残っていた。

奈美は慎重に石段を下りた。足を滑らせ擦り傷などは絶対につけられない。傷を見付ければ母はひどく奈美に迫るだろう。母の狂気にも似た執拗さを奈美は極端に恐れていた。幾つになっても母が怖かった。

前を歩く岡村が草を分けてくれ、歩きやすくしてくれる。さきほど、棘で腕に引っ掻き傷を作った所まで戻って来ると岡村は立ち止まった。ふさふさ生えている毛の中に血の滲んでいる傷があった。奈美は掌で包み込むようにしてその傷を庇った。岡村は奈美のおでこに唇を当てた。奈美は心のどこかであの数秒を期待していたような気がする。

みんみん蟬もつくつくぼうしも小休止をしていた。

入道雲はいつの間にか形を変えて消えていた。

眼鏡のずり落ちた管理人のおじさんと例の瞼にまで化粧をした母が楓荘の玄関先で立ち話をしている。今日はすこぶる仲が良さそうだ。こんな時はきっと意気投合してだれかの悪口を言っているに違いない。母の高笑いが気に入らなかった。おじさんの身振り手振りが見苦しかった。二人は玄関先でいつまでも騒々しかった。

おじさんと母は幸せそうで楽しそうだった。由比ケ浜通りで見掛けた銀髪の老夫婦も幸せそうで楽しそうだった。鎌倉では束の間、岡村と奈美も幸せで楽しかった。

母の御機嫌は夕食時までも繋がっていた。テレビのチャンネルをかちゃかちゃ回しながらご飯のお代わりをする。好きな歌番組では箸を宙に浮かせたまま画面に見入る。奈美の料理が旨いとお世辞まで使う。今日の髪形は似合うねと奈美に笑顔を向ける。

奈美は自ずと母を警戒した。こんなことの後は決まって奈美を苦しめる。勝手に気分を高揚させておき、反動をつけて奈美を苛める。今までにも幾度となく傷ついてきた。今日は何を持ち出すつもりだろう。奈美はそそくさと食器を台所に下げた。

布団に入るまでも母は御機嫌だった。奈美はやっと自分の思い過ごしだったと気づき、警戒を解いた。母の寝息が聞こえてきた。奈美は音を立てぬよう隣の布団に横たわった。

母が小さく寝返りをうった。母の肩に貼った湿布剤が数本の白髪を巻き込み、よれて剥がれかかっている。奈美はそれから目をそらし背を向けて目を瞑った。

一週間前、おまえはどこに行っていた！

寝ていたはずの母がいきなりしゃべった。地獄からでも聞こえてきたかと思った。奈美は思わず振り向いた。醜い湿布剤が小刻みに揺れていた。

寝た振りをした。母はもう一度同じことを言った。聞こえぬ振りを通した。

しらばっくれるな！

やはり地獄からの声だった。

警戒を解いたことは間違いだった。畳一枚分でいい。奈美は自分の居場所が欲しかった。地獄からの声は奈美の体の中にいつまでも残ってしまった。

岡村の住む駅の隣駅の裏通りは小さな飲食店が立ち並んでいる。岡村の行きつけの店は更に奥まった所にあった。七十代くらいの老夫婦二人だけで切り盛りしている店だという。鉤の手のカウンターとテーブルが三組ほどのこぢんまりした店だった。四、五人の先客がいた。カウンターの一番端の席が空いていた。岡村は当然のようにそこに座った。

この席からは厨房が丸見えだった。ほたての貝柱を使った丼ものが本日のお勧めメニューになっている。冷酒も注文した。使い込んで透明度のない分厚いガラスのぐいのみが並んだ。ガラスの器も七十代に見えた。

声だけは妙に若やいだおかみさんが皺の寄った手でお通しをおもむろに並べる。おやじさんが冷蔵庫から三つ葉を取り出し、これもまたおもむろに洗い出す。ほたてはこれから海に捕りにでも行くのだろうか。料理が並ぶまで気の長い話になりそうだ。

「どうして鎌倉に行ったことがお母さんに分かっちゃったの？　事故も事件も起こさず定刻に帰り着いたんだろ？」

「そう。手足に擦り傷一つ付けずにね」

「だれかが僕たちを見ていたのかなぁ」

「そんなに単純じゃないわ」

奈美は岡村の器に酒を満たした。

先客がごちそうさま、と言って席を立った。おかみさんは厨房の壁に指で数字を書き計算をしている。ずいぶん高いようにも聞こえたが先客は黙って払っていった。そしておかみさんは受け取ったお札をエプロンのポケットに捩じ込んだ。

算盤も電卓も鉛筆さえも使わず計算するなんて、白黒の映画を見ているようだった。おやじさんに目を移せば、ゆっくり卵を割っているところだ。ここは異質の空間だった。厨房のどこからか微かに音楽が流れてくる。岡村は小さく拍子をとって聞いている。洗い物や食器の触れ合う音で奈美にはほとんど聞き取れはしない。岡村は音楽が好きらしい。この店を好むことがなんとなく分かるような気がしてきた。

「ワンピースの裾に草の実が付いていていたらしいの」

「へえ、驚きだな」

「靴の裏に土くれも付いていたって言っていたわ」

「草の実だって土くれだって珍しくなんかないだろ」

「駅からアパートまでにそんな物が付く所はないわ」

地獄からの声はあの後、延々続いたのだ。

冷酒をもう一本追加した。若い娘が三人、賑やかに入ってきてカウンターに並び場違いの空気が流れた。

「それで奈美ちゃんはどうしたの？」

「どうもしない。勝手に騒がせておいた」

恐れ入ったな。岡村は奈美の器を満たしながら呟いた。母に恐れをなしたのか奈美の態度に恐れ入ったのかは分からない。

岡村に母の存在を、母の性格の一部を語ったことになんの悔いもなかった。ためらいなく自然に話せたことが不思議だった。

おやじさんはお待たせいたしました、というふうに律義に頭を下げてできたての料理を並べた。湯気の中から微かに三つ葉が香る。ふんわり綴じた卵の中から貝柱とエリンギの白が覗く。赤だしの味噌汁と手作りらしい香のものが絶妙のバランスで旨さを引き立てる。二人は黙々と箸を運んだ。一瞬、すべての音が止み音楽がはっきり聞こえてきた。

「第二楽章だ」

岡村は口をもぐもぐさせながら耳をそばだてて言った。えっ？　奈美は聞き返した。

「ピアノコンチェルトの第二楽章だよ。ケッヘル、えーと……」

「ヨンロクナナ」

厨房からおやじさんが下を向いたまま、すかさず答えた。

「詳しいのね」

奈美は岡村とおやじさんとのやり取りが羨ましかった。いや、大したことないさ。おやじさんと岡村は目で笑い合っていた。岡村がこの店を好む理由がまた一つ分かった。奈美の知らない岡村を知った。良い音楽を聞きながら料理を作ると旨さが増すんだってさ。岡村は奈美に耳打ちしてくれた。

三人の若い女性客は物も言わずにじっと厨房の中を見詰めている。先生から学ぶ生徒のような目付きで料理のできていく様を見ている。おやじさんとおかみさんの淡々とした動きは下手な料理教室よりはるかに実がありそうだ。

二人の勘定もおかみさんが壁に指で数字を書いて計算した。大丈夫？　平気さ。おかみさんは間違ったことがない。何十年もああやって計算してきたんだよ。電卓より確かだ。奈美はこの店の老夫婦に底光りのする生き方を見せられたようで心までも満腹感を覚えた。またしても心のどこかで地獄の声の持ち主の母と比較している自分がいた。

外に出るとわずかな叢からおぼつかない虫の音が聞こえてきた。夏もそろそろ終わりだね。岡村がぽつんと言った。

ほんの別れ際に岡村は立ち止まった。

「奈美ちゃんのお母さんて、本当のお母さん？」

「残念ながら」

奈美は大きく頷いて笑いながら答えた。岡村も声を立てて笑った。

「旦那さんは元気？」

奈美は一瞬、間をおいてはっきり答えた。

「お陰様で」

夫の部分はこの間と同じ会話だった。岡村はもしかしたら夫のいなくなったことを勘づいているのかもしれない。聞くほうも答えるほうも知って知らぬ振りなのかもしれない。奈美は去って行った夫が今どこでどうしているのかを知らない。

雨が気紛れに降っては止み、また激しくアパートの窓を打つ。

部屋中に衣類を散らかして母が苛々している。そろそろ秋だというのにろくな洋服がないと嘆く。新品でこそないが、どの一枚を見ても決して粗末なものではなく仕立てもデザインも良いものばかりが目の前に並んでいる。

母は散々勝手をして、散々贅沢をしてさらに何が欲しいというのだ。

どうやら管理人のおじさんを介して茶のみ友達ができたらしい。面倒なことを起こさないでくれればよいが、と思う奈美の心配をよそに溢れる衣服を前にあれがない、これもだめと不平を並べている。秋物が出ているから何か見てきてあげるわ、と言う奈美におまえの選ぶものにろくな物はないと憎まれ口を叩く。

母は散らかした服の片付けもせずどこかに出掛けようとしている。雨よ、止むまで待ったら。奈美の忠告を聞くような母ではないことは知っていた。たまたまその時、雨は跡切れていた。

夜だというのに行き先も告げずに母は傘を手にして玄関に立った。そんな母に、奈美はもう寂しささえも感じなかった。

窓の外に稲光が走った。テレビが大雨警報のテロップを流している。母はどこかで雨に打たれるのだろうか。

その日の夜遅く、電話のベルが鳴り続けた。警察からだった。

救急病院の裏口の電灯に虫が舞っていた。

静まり返った院内の照明がやけに明るい。若い看護師が小走りで母のいる集中治療室に向かう。早足で看護師の後ろを歩きながら奈美は、もしかしたらこれで楽になれるかもしれない、母から逃れられるかもしれないと思った。いや、集中治療室と聞いた時からそう願っていたのが人には言えない本心のような気がする。奈美は思いを打ち消すように廊下を音を立てて歩いた。奈美の足音だけが辺りに響いた。

大怪我を負った母は体のあちこちに管を繋がれ、計器の画面は不規則に動いていた。母の状態や医者の説明からかなり危険なことは明らかだった。会わせたい人があれば呼ぶように、とまで言われた。だれも浮かばなかった。浮かんだとしても呼ぼうとは思わなかった。

その晩、母に付き添いながら母と最後に交わした会話がなんだったろうかと一生懸命思い出そうとした。嫌な思いばかりが浮いては消え母の顔をまともには見ていられなかった。激しい雨でスリップした若者のバイクにぶつかっての事故だった。母が洋服など広げさえしなかったら、雨の中を飛び出しさえしなかったら、母の気紛れさえなかったら……。事故にさせてしまった若者に申し訳がなかった。若者の大切な人生に大きな傷をつけてしまったことが心底済まなかった。若者の苦悩も若者の親の悲嘆も、何も彼もを背負いたい気持ちでいっぱいだった。

奈美は若者の前で心を込めて謝った。土下座をしたいくらいだった。呆気にとられた若者は悪いのはぼくです、と奈美の手を取った。奈美は大きく頭を振った。悪いのは決して、決してあなたではない。奈美は心の中で叫び続けた。

また一人、母のせいで不幸な人を出してしまった。ただ、ただ、やり切れなかった。溶けて消えてしまいたかった。


一夜明け、雨はすっかり上がっていた。

母は恐ろしいほどの生命力で危機を切り抜けた。なんという運の持ち主だろう。医者の驚嘆からも明らかだった。この分なら意外に早く退院できますよ。ただし、当分は車椅子ですがね。医者は嬉しそうに語った。奈美は医者に深々と頭を下げた。

母を死なせずに済んだ。強い母は死ぬはずはないのだ。ごく自然にそう思えた。

奈美は疲れ切ってやっとのことでアパートにたどり着いた。靴を脱ぐのももどかしく畳の上にへたり込んでいた。

目の前には昨日の母の散らかした衣類がそのままになっている。

奈美は思わず吐き気を覚えた。

奈美はやおら立ち上がった。

大きなごみ袋を何枚も持ってきて目の前の衣類を次々押し込めた。唇を噛み締めてぐいぐいめったやたらに押し込めた。ごみ袋の口を結わく前に唾を吐き掛けた。どの袋にもどの袋にも泣きながら唾を吐き掛けた。

幾つもの袋に囲まれて奈美は泣きながら眠ってしまった。

泣き腫らした瞼は母に似た瞼になっていた。


アパートの入り口のひょろひょろの桜の木が少しばかり葉を落としている。病葉だろうか。まだ落ち葉の時期には早すぎる。秋になれば管理人のおじさんは木を見上げては何かを言いながら竹ぼうきを動かす日が来るだろう。管理人のおじさんと母の茶のみ友達は母を時々見舞ってくれているがその頃には母は退院してくるらしい。母は体も口も順調に回復していた。病室では人気者で結構うまくやっているらしかった。

幾日職場を休んだろう。スーパーの店内はすっかり秋の色に染まっていた。

誠実な奈美の仕事振りを買われて今ではフロアのチーフを務めている。一日の仕事が終わると掃除用具の後片付けをし、洗剤などの補充を整え明日の準備をする。作業日報を書き作業終了の報告をしてロッカールームで制服を着替える。

久し振りの仕事で、通用門を出る頃はさすがに疲れが押し寄せてきた。家に帰っても戦う相手は今はなく、ただ黙々と働き体を使ってくたびれることが幸いだった。

通用門の先に夕闇に紛れて見覚えのある人影があった。

「お疲れさん。やっと出てきたね」

「ずっと待ってたの？」

「何日もね」

「何日も？」

「ここの仕事、辞めたのかと思ったよ」

「ご心配かけまして。ちょっと取込み事があったので」

奈美の声が詰まってスーツ姿の岡村がぼやけて見えた。

「何か旨いもの食べに行こう。御馳走するよ。何がいい？」

「ヨンロクナナの店」

奈美はすかさず答えた。

岡村と肩を並べて交差点の信号を待った。

「ところで、旦那さんは元気？」

「お陰様で」

奈美は肩を窄めて答えた。聞くほうも答えるほうもそれ以上はなかった。

信号の先の空に、細い月が雲間に見え隠れしている。すだく虫の音はもうおぼつかなくはなかった。

迷い道

コキッ。

静まり返った闇の中で微かな音を聞いた。目を閉じていたエリの耳に確かに聞こえた。エリの体の上で徹の動きが一瞬止まった。息が詰まる。何かが起きた。体の奥のどこかが痛い。エリは目を閉じたまま神経を研ぎ澄ました。

「何か聞こえた？　なんの音？」

徹がエリの耳元に顔を近付け静寂に合わせるように囁く。音は微かながら徹にも届いていたのだ。徹の癖で、左右の肩に頭をつけるように首を曲げる時にもコキッと音を立てることがある。でも今聞こえた音はそれとは明らかに違っていた。奇妙な沈黙が続く。

「折れたわ」

「折れた？」

「骨よ。肋骨」

エリの体の上で動きを止めたままだった徹が弾けるようにエリの脇腹から手を離す。

「骨の折れた音？　まさか。そんな……」

「こんな所に手をつくんだもの」

闇の中でエリは左の脇腹を庇った。痩せぎすの手に肋骨が順番に触れられる。肋骨の先端なんて本当に細くて脆いことをエリは知っていた。息を吸う時に痛みを感じる。徹はエリの上からぎごちなく長身の体を離し、明かりに手を伸ばした。

「点けないで。エリは息を詰めたまま声を出さずに呟いた。

「どうする？　どうしよう」

エリの体から下りた徹は遮二無二タオルケットを手繰り寄せ、エリを覆った。

「どうしようもない。このまんまよ」

「医者には？」

「無駄。昔、折ったことがあるから分かるの」

「えっ、やっぱりこうやって？」

「ばかねぇ。こんなことするのは徹ぐらいなものよ」

「じゃあ、なんで肋骨なんか折ったの？」

「交通事故だったわ。四、五年前だったかな。夫はその時の大怪我が原因で逝ってしまったわ。私より十ほど年上でまだ四十二歳だった。とってもいい人だったのに。私なんかが残っちゃって」

「エリさん、怪我させちゃってごめんな」

「心配しないで。自然に治るんだから」

明かりを点けないまま、徹は再びエリの傍らに寄り添った。若い徹はエリの手を包み込んだまま何十分も黙って側にいてくれた。

アパートの階段を聞き慣れた靴音が駆け上がっていった。


二年余り前、桜の花の散る頃、駅の下りエスカレーターでエリは迂闊にも手荷物を落としてしまった。慌てて拾おうとした弾みで小脇に挟んでいた本まで落としてしまった。一段下の背の高いスーツの青年が咄嗟に振り返り、本を拾ってくれた。

「あ、ここの本屋、僕もよく行くんです」

本に掛けられていた書店名入りのカバーに目を止め、低音の青年は本とエリの目を交互に見ながら手渡してくれた。魚の柄のネクタイが声や顔よりも一瞬の印象に残っていた。それからひと月もしないうち、駅前の大きな書店の雑誌売り場であの魚の柄のネクタイが目に入った。徹との縁の始まりだった。徹は、若く派手好きな奔放な恋人との恋に疲れ破れ傷付き、女性に興味を失っているところだった。派手さもなく年上のエリには甘えも手伝ってか力を入れることなく自然に近付いて来た。七つ年下の徹とは会う度に縁が深まっていった。

一夜明けてエリは怖々自転車にまたがった。痛みが響いたのは腰掛ける時や漕ぎ出す時だけだった。十五分ほど走ると通りから一本入った道筋に特別養護老人ホームの看板が見えてくる。エリは通用門に回って自転車を降りた。

老人ホームの調理室の朝は早い。朝が早いことなど独り身のエリにとって容易なことで、今朝もエリが一番の出勤だ。エリは体を庇いながら白衣に着替え入居者の朝食の準備に取り掛かった。三角巾で胸をぐるぐる巻きに締め付けているせいで今朝は動きが鈍い。肋骨の先端の痛みが昨夜より増しているが仕事を休もうなどとはまったく考えなかった。あの時の交通事故のことから考えれば半月もすれば痛みは薄らぐだろう。

あの時は肋骨の先端が三本折れた。痛みよりもショックのほうが強かった。救急病院で応急処置を受けた後は姑の止めるのも聞かず、明くる日もとりあえずは職場に出向いた。ぐるぐる巻きにするのはその時教えてもらったことだ。痛みを抑え込み夫の看病にも通った。我慢して頑張ってピンチを乗り越えようと努力した。それが夫、佐山晃一と知り合う前からのエリの生き方だった。

若い男との逢瀬で不覚にも骨など折ってしまったエリを、亡夫はどんな目で見ているだろう。頑張らなくてもいいんだよ、もっと自然でいいんだよといつも言っていた夫だが今度ばかりは天国の隅っこから苦々しく睨んでいるかもしれない。

出勤してくる調理室の人たちとはいつもと変わらぬ明るい声でエリは挨拶を交わす。痛みに堪えているとはだれも気づくまい。昨夜のことを知る人はいない。徹のことさえ知る人はいない。

以前の職場で、調理室で働くエリを見ていた出入りの業者に佐山を紹介された。尻込みするエリを応援してくれたのは調理室の仲間だった。

佐山は病弱だったが温かい人だった。我慢して頑張って生きてきたエリに頑張らなくてもいいんだよ、と教えてくれた人だった。

ほとんど身寄りのないエリには結婚そのものが夢のような出来事だった。姑との三人暮らしで初めて家庭のぬくもりを知った。病弱だった晃一を女手一つで育ててきた姑は物静かで、しかも毅然としている品のある人だった。食品会社の寮生活が社会人のスタートだったエリには常識に欠けるところもたくさんあったはずなのに、夫も姑も、母を知らないエリを疎むことはなかった。

唯一、姑の苦言は無理にでも笑顔を作りなさい。そして顔を上げ、人の目を見て話をなさい。そうすれば眉間の皺も取れるから。せっかくの愛くるしい顔がもったいない、というものだった。今までだれもそんなことは教えてはくれなかった。

ある冬晴れの日曜日、たまには二人で遊んでおいで、と姑はエリに小遣いを握らせてくれた。とんでもない、私だって給料貰っているんですからと拒む手に、ほんのわずかだからと持たせてくれたのだ。エリは礼を言いながら夫を急き立て、いそいそ支度を始めた。

「ねぇ、どこに行く?」

「温泉にでも行くか。いつも行きたがっていただろう」

「日帰りで?　行ける?」

「あちこち寄りながら大丈夫、行けるさ」

夫の腕にぶら下がるようにして飛び出したエリは、エンジンの掛かるのももどかしく早速地図を広げた。久し振りのドライブに、いつもは束ねている髪を今日はふんわり下げ髪にし、買ったばかりの花柄のセーターを着てきた。夫からのプレゼントのイヤリングもつけてきた。晃一も上は黒のタートルネックのセーター、下はグレーのチェックと決めてきた。エリの頬が緩み、目尻が下がっていた。

中央高速をスキーを積んだ車が走る。真っ白な富士山が見え隠れする。青空をバックに冬木立ちの山々が小気味よく飛んで行く。美術館を回った。ちょっと贅沢な食事をした。外に出ると少し風が吹いていた。それから幾つかのトンネルを抜けて山の温泉を目指した。姑も一緒に来れば良かったのにと今頃になってエリは思った。

山あいの露天風呂の温泉にエリは上半身を出してゆっくり浸っていた。痩せて肌も自慢できるほどのものではなく、たいして魅力のない体を晃一は大事にしてくれる。岩に寄り掛かって長い時間空を見上げていた。じわじわと暖まってくる快感を眼を閉じて味わい、時々肩に湯を掛けては空を見上げていた。

竹の塀を隔てた男湯から咳払いが聞こえてくる。あれは晃一のものに違いない。エリはもう独りぼっちではなく、晃一という支え合う人がいる。聞き馴染んだ咳払いを聞く度にエリは安らかな気持ちを味わっていた。

過去を振り返らなくていいんだよ。君は幸せになる権利があるんだよ。幸せなんてだれも運んできてはくれない。自分で求めていかなくてはね。僕だって大病をして負い目がある。お互いにウイークポイントがあっていいのかもね。晃一はそう言ってエリと一緒に歩き始めてくれた。お前は偉そうに分かったようなことを言って、と姑は笑う。病気をする前の晃一は我が儘で自分勝手で癇癪持ちで手がつけられなかったんだから、と付け加える姑を、そこまでばらすなよと晃一は肩をすぼめる。

露天の岩風呂の周りの木々が揺れている。あんなに青空だったのにいつの間にか辺りは灰色に覆われ枝先も重たげに揺れている。山の天気は変わりやすいんだよ。そう言えば晃一が言っていた。少し長湯をしすぎたらしい。エリはおもむろに立ち上がった。早々と湯から出ていた晃一はロビーでテレビを見ていた。

まだそれほど遅い時間でもないのに外は薄暗くなっていた。そしてとても寒かった。雪でも降ってきそうね。そういう間もなく雪は舞ってきた。

「タイヤ、大丈夫?」

「ああ、平気さ。スタッドレスだからね」

トンネルに入る頃にはもう真っ暗になっていた。二人とも口数が減っていた。幾つ目かのトンネルはカーブしていてしかも下り坂だった。徐行をしていたのに出口で、ほんの出口で車は激しくスピンしてしまった。瞬間のようにもスローのようにも感じた。ほぼ一回転してガードレールに激突し、ようやく止まった。

エリは瞬間呼吸ができなかった。息が詰まってしまい、吐くのか吸うのかが分からない。息をすることに頭を使うなんて考えられないことだった。体のあちこちぶつけたらしいが左脇か左胸だけが特に痛い。

目の前のガードレールが極端に歪んでいた。エンジンの止まる音を聞いてやっと事故だと気づかされた。すんでの所で対向車ともぶつかるところだった。

晃一はハンドルにもたれうずくまっている。エリは必死に声を掛けようとするが口が動くだけで音になって出てこない。見たところではどうやら二人とも血は流れていないらしい。血を見ていたらエリは取り乱していたに違いない。

晃一がわずかに動いた。大丈夫？　声を掛けたのは晃一のほうだった。晃一の声を聞いてエリは心底ほっとした。私はたいしたことないわ。そう言おうとした時、エリの側のドアが激しく叩かれた。外側からしきりに開けろ開けろと合図する。やっとの思いでロックを外した。危うくぶつかりそうになった対向車の人が懐中電灯を持って来てくれたのだ。礼と詫びを言わねばと外に出ようとするエリを、そのままで、と対向車の青年は止める。

「道路が凍ってるんです。足元が危ないです。もう、連絡したから、救急車が来るまでここにいてあげるから動かないほうがいいです」

早口のジーパンの青年は後部座席に乗り込み、二人を交互に気遣ってくれた。俺もやっちゃったことあるんです。このトンネルは特に危ないんだ。地元の人はうんと慎重になるんですけどね、と青年はなおも早口で慰めてくれる。

晃一はハンドルにもたれたままの姿勢で眼を瞑っているらしい。呻いているわけでもなく、苦痛に顔を歪めているようにも見えない。晃一がタートルネックのセーターの黒い塊に見える。この青年がいなかったらこんな暗い山の中でまったく途方に暮れ、なんの判断もできなかっただろう。青年は、もうすぐ救急車が来ますからねと更に励まし晃一にコートを着せ掛けてくれる。エリは青年の好意に頭を下げ、心の中で手を合わせていた。

不意に晃一が大病をしていることが過った。怪我に影響はないだろうか。心配が募る。エンジンが止まり暖房が切れ闇の中で寒さが押し寄せてくる。暗闇の山道は静まり返ったままで救急車の来る気配はない。

エリは花柄のセーターの上から左脇を抱え込むように押さえて寒さに耐えた。青年の照らすライトの先に足下に落ちたイヤリングの片方が微かに光っていた。下のほうからサイレンの音が聞こえてくる。現れたのはパトカーだった。

アパートの郵便受けに珍しく封書が入っていた。佐山エリ様と書かれた青いインクの万年筆の枯れた文字は、裏を返さなくても差出人が久美先生だとすぐに分かる。以前の職場の先輩、栄養士の久美先生とはエリと一回り以上も年が離れていて仕事の上でも生活面でも何くれとなく世話になっていた。職場が別になってからはいつの間にか年賀状と暑中見舞いの行ったり来たりだけになってしまった。

転勤の知らせだった。読み進むうちにエリの目は一か所に貼りついた。うなばら学園。伊豆半島のあの、養護施設うなばら学園になぜ久美先生が？　文面に転勤理由まではなかった。エリは青インクの文字を胸に握り締めたまま、狭い室内をうろうろ回っていた。カレンダーを一枚捲ってみた。来月半ばの連休に会いに行こう。そう気持ちが落ち着くとエリはもう一度封書を読み直し、すぐに手紙を認めた。

久美先生からの返事はなかなか来なかった。連休が過ぎても来なかった。自分勝手に急ぎすぎたようだ。エリがうなばら学園の園生だったことなど久美先生は知るはずもなく、エリ一人の気持ちが逸っていただけだった。

駅前の大きな書店の雑誌売り場は珍しく空いていた。ここを徹との待ち合わせ場所にし始めて二年近くが経つ。システムエンジニアの徹はこの本屋に足を運ぶことが多いらしい。今日はエリが徹を待たせてしまった。書店を出て駅前通りのファミリーレストランまでをほとんど無言で歩いた。レストランではなるべくつましいメニューを探し出し、ワインのグラスを傾ける。エリも徹もぎりぎりの生活をしている中で精一杯の贅沢なのだ。

「肋骨、どう？」

「大丈夫、心配しないで。後から考えればとってもおかしいわよね。絶対だれも信じてくれない。あんなことで骨を折るなんて」

「えっ、だれかに話したの？」

「ばかねぇ、話せるはずないじゃない。コトの最中に骨を折りましたなんて」

声を潜めて笑いあった。

エリの右斜め前の座席に、どこかで見覚えのある焦茶の髪飾りの後ろ姿が目についた。どこのだれかは思い出せなかった。

「伊豆半島って行ったことある？」

「あるよ。学生の頃、夏の海だったかな」

エリの質問は唐突だった。久美先生のことが頭にあるからだ。

「エリさんが伊豆にいたことがあるなんてそれは初耳だな。そう言えば僕はほとんどエリさんの過去のことを知らない。いつも僕ばかりしゃべっていて」

エリは運ばれてきた熱々のピザを切り分けた。

「伊豆へ行こうか。日帰りできるよ」

それもいいわね。そう答えたもののエリの返事は上の空だった。久美先生からはあれ以来返事が来ない。二度と行くことはあるまいと思っていたうならばら学園を、久美先生がいるのなら是非訪ねてみたい。その気持ちに変わりはなかった。

徹は早速手帳を開き伊豆旅行を計画しようと予定表を眺めている。ふと気がつくと焦茶の髪飾りの女はもういなかった。

忘れた頃に青インクの封書が届いた。こちらの生活にも慣れてきました。日曜日を選んでいつでも遊びにいらっしゃいと。久美先生の転勤の知らせから数カ月が経っていた。日時を知らせてくれれば駅まで迎えに出ます。そうも記してあった。

エリは予定表を探った。どの日曜日も出勤日や徹とのデートで埋まっている。徹とは休日が重なりあうことが滅多にないので貴重な一日なのだ。エリは迷い続けた。

受話器の向こうから徹の不服そうな声が届く。友達の病気見舞い、と下手な嘘をついた。徹には久美先生の手紙のことは話していない。エリの生活の何も彼もを知らせてはいない。徹にすべてはさらけ出していなかった。愛することとは別だった。

徹との約束を反古にして伊豆急の電車に乗り込んだ。夏の盛りの伊豆の海は光っていた。沖合の船がつける白波を見ていると、うなばら学園の記憶が次々引き出されてくる。急行の止まらない伊豆急の駅舎の何も彼もが変わっていた。ホームの端まで屋根が付き、ベンチも洒落たデザインになっている。当時はペンキの禿げかけた木製のベンチだった。そのベンチに知らない親戚の人とどこかの先生と学園の先生とで腰掛けていた。小学生のエリは面白がって爪で次々ペンキを剥がして叱られた。ベンチを見ただけでエリの胸はその頃の思い出で溢れそうになった。

変わらないのは右手に海、反対側がたんぼを隔てて小高い山、のはずだった。ところがたんぼは消え、家々が立ち並び山の中ほどまでも色とりどりの屋根が見える。変わったのだ。

急行電車が風を切って走り抜ける。電車が過ぎ去ると小高い山の中腹のこんもりとした一点を見据え、それから踵を返して改札口へ向かった。駅を背にした真っすぐの道は海へ向かう。そこは賑やかな商店街になっていた。海にぶつかる一つ前の道を左に折れたところに耳鼻科の医院があるはず。ふとそんなことも思い出し、潮の香に誘われて歩き出した。

あの時は耳が痛かったのか喉が腫れていたのか、エリは学園の保健の先生に連れられて園医の所へやってきた。歯が痛い、目が痒いといってはやさしい保健の先生の腕にぶら下がり町の園医の所に出掛ける友達を見ては、皆羨ましがったものだ。エリも耳鼻科行きで先生を独占できた嬉しさを今でも覚えている。あれから三十年ほどが経ち、当然のように周辺の建物は新しくなりビルに建て替わったりしている。その中で耳鼻科の医院はこぢんまりと古ぼけたままでそこに建っていた。

海沿いの道路は道幅が広がり、海辺は海水浴を楽しむ人々で溢れていた。変わったのだ。魚を掬ったり蟹を追いかけたりした浜はどの辺りだったろう。岩で足を滑らせ擦り剝いた脛に塩水が染み、泣きべそをかいた磯の場所ももう見当がつかない。

確かこの辺りは畦道だったはずなのに……。

道路は舗装され、たんぼだった所に洒落たアパートや瀟洒な家が立ち並ぶ。学園から海への行き帰り、畦道に紛れ込んで蛙を捕まえたり、あめんぼうに石を投げつけたりして先生に叱られた。蛍狩りの晩はうちわや懐中電灯を持って大はしゃぎをしながら飛び交う小さな光を追い回したのも確かにこの道だった。

道は次第に細くなり上り坂にさしかかる。この先には墓地があるはずと記憶を手繰る。大人になった今見れば大した墓地ではないが当時は怖かった。殊に毎夏のお化け大会には必ずこの道を通らなければならなかった。真っ暗闇のお墓の所々に傘おばけや真っ白い着物の幽霊がいる。変な声には足がこわばり、突然の異様な音で飛び上がり恐怖は募る一方だった。数人ずつで通り抜けるこの道を、だれかが泣き出せば皆つられて泣きながら帰っていった。泣き出すのは大抵が普段威張っている男の子だった。先生たちはにこにこ顔で泣き虫たちを迎えご褒美をくれた。そのご褒美がなんであったかはもう思い出せない。

墓地の中では微かに線香が漂う。子供の頃の思い出とともにしばらく姑や夫の墓参をしていないことに気づいた。姑の好きだった上等の香を手向けてこよう。ふとそんな気になった。

山の中腹に階段状に建てられた学園の一部が見えてきた。エリは黙々と足を運んだ。食堂が見えてきた。寮が見えてきた。教室は確かこの道からは見えないはず。少しずつ、朧気だった記憶が鮮明に蘇る。

急に視界が広がったところが学園だ。エリは校庭で一人遊びをしていた女の子に久美先生を呼んできて、と頼んだ。日に焼けて元気の良い女の子は、寂しそうな影を引きずっていたエリのその頃と同じくらいの学年だろう。

玄関の入口付近はだだっ広く薄暗くいつでもひんやりとしていた。玄関先に立ったエリは当時と同じ色、匂い、形、空気を感じていた。玄関の左手奥に繋がる階段を上った所の長い渡り廊下も何も変わっていなかった。女の子と一緒に久美先生は手足をばたばたさせて階段を下りてきた。保健の先生がいつも急ぎ足で上り下りしていた同じ階段を久美先生が下りてくる。女の子とエリ、保健の先生と久美先生。過去と今が入り交じっていた。

たまの日曜日、だれかのお父さんかお母さんがこの玄関に立つ。だれもが今日は自分に来るかもしれない、今度こそ、と小さな胸に期待と不安を押し隠して素知らぬ顔で玄関を覗きに来る。夕方になってもだれかがそっと様子を窺いに来る。空振りは毎度のこと、鼻歌交じりでだだっ広く薄暗い玄関を通り過ぎる。だれも面会に来なかったのはエリだけではなかった。だれも面会に来ない者同士は仲間意識も繋がった。

駅舎もたんぼもあれほど変わったというのに学園は変わらないのか？

今日は日曜日、だれもいないから食堂へ行きましょう、と久美先生は誘う。後をついて行ったその食堂はすっかり変わっていた。明るく広く親しみやすく、テーブルも椅子も立派。あの当時の片鱗もない。唯一変わらないのは広いガラス窓から見下ろす風景。それは太平洋の水平線が見えること！　エリはガラスに額をくっつけていつまでも海を見下ろしていた。

水平線の彼方に船の影が見える。子供の頃もこの位置から競って船を探したものだった。

「久美先生、どうしてこの学園に？」

エリは一番の質問を投げ掛けた。ご主人の急死と精神の不安定、職場での人間関係のトラブル、体調の変化などなどいろいろ重なってしまったらしい。心配してくれる人がいて、しばらく都会を離れたほうが良いだろうと計らってくれた。自分には子供もいないことだし、数年はこのうなばら学園でがんばろうと思っている、と語る。年の割には多すぎる白髪は断髪、額には横皺が二本深く刻まれている。元々の猫背はさらに丸まりエリの知っている久美先生からはほど遠かった。

「主人が亡くなったのは二年前だったわ。毎朝一緒に出勤してね、彼は上り電車で、私は下り。いつもと同じようにじゃあねって言って、駅のホームで別れたの」

久美先生とご主人はその朝もいつもと変わらぬ時間にホームに立ったという。今夜は煮魚が食べたいね。私が帰りに魚屋へ寄ってくるわ。そんな他愛ない会話を交わした後、じゃあねと言って軽く手を上げた。職場で心臓発作を起こし、そのまま呆気なく消えてしまったご主人との最後の言葉が、「じゃあね」だったと嘆く。あれ以来、滅多なことではじゃあねとは言わなくなった、と久美先生は視線を落とす。エリさん、あなたこそせっかく幸せを摑んだのに、今はどんなに寂しいでしょう、とエリを労る久美先生は涙声だった。うならば学園で子供たちと一緒になって潮風に吹かれ山の空気を吸い、住込みで懸命に働くことにやっと意義を覚えるようになった、と丸まった背を伸ばす。園生においしい料理をたくさん作って食べさせ、子供たちも自分も本当の笑顔になれるよう願っているの、と希望を語る。エリはそんな久美先生がやはり好きだった。

「主人が急死してからのお正月は、あれは堪えたわね。一人の正月は寂しかろうって親戚の者が呼んではくれるけど結局は行かれなかった」

「なぜ?」

「楽しく新年を迎えようとしている家族の中にとても入れるものではないわ」

声を掛けてくれる親戚がいるだけで久美先生は幸せなのに。エリは心の中で呟いた。

せっかくここまで来てくれたのに話が湿っぽくなってしまいごめん、と言いながら久美先生は立ち上がった。

「ところで先生。寮室の名前は今でも桜寮とか菊寮とか？」

「えっ？　エリさんなんでそんなこと知っているの？」

「私、菫寮《すみれ》だったんです」

「えっ？　まあ！　今なんて言ったの？」

久美先生は絶句したままエリを上から下まで眺め回した。エリは静かな笑みを向けた。

広い畳の部屋の菫寮を覗いて見たかった。長い出窓の端っこがエリの好きな場所だった。その出窓は今でもあるのか、とにかく寮棟に行ってみたかった。でも今日は日曜で生徒が寛いでいるだろう。寮棟に向かうことはやはり憚られた。

教室はすっかり建て替えられ明るい雰囲気になっていた。教科書を座布団に乗せてそれを二つ折りにし、寮室から長い渡り廊下を通り、何段も階段を下りて一番下の教室まで通ったことが懐かしい。

一学年ずつの人数は少なく、上級生も下級生も皆座布団を抱えて通学した。カタカタカタカタと渡り廊下のすのこを皆で踏み鳴らし、教室へ急いだ音が聞こえてきそうだ。エリは痩せっぽっちで学業の出来も悪く体育も苦手だった。何を勉強したのか学校のことなどさっぱり覚えていなかった。

久美先生に誘われるまま校庭に出た。夏の日盛りを過ぎた光が、校庭の隅のぶらんこの影を長く伸ばす。ぶらんこに身を委ねながらふとエリは右手の人差し指を撫でた。人差し指の第二関節に一センチほどの傷跡がある。遊びに夢中だったエリは斜面からずり落ちそうになり、慌ててしっかり掴んだ草の葉で指を切ってしまったのだ。その草は細長く細かい鋸状の葉でエリの指に深く食い込んだ。血はいつまでも止まらなかった。しゃぶってもしゃぶっても滲み出る血に涙が混ざり痛さが増した。あの時も夏の日のぶらんこの影が長かったことを思い出していた。

エリの話を聞いていた久美先生はエリの人差し指を暖かく包んでくれた。久美先生のその手は無骨で皺だらけで染みも浮かび少しも女らしい手ではなかった。久美先生のその手にエリは自分の手を重ねた。エリはお母さんの手を知らなかった。

校庭の一隅からも水平線が見られる。彼方沖合の船の影を、ぶらんこの軽い揺れにまかせていつまでも久美先生と眺めていた。

残暑もさほど気にならなくなり夏草の勢いも盛りを過ぎた。

郵便はがき

恐縮ですが
切手を貼っ
てお出しく
ださい

1 6 0 - 0 0 2 2

東京都新宿区
新宿 1－10－1

(株) 文芸社

ご愛読者カード係行

書　名				
お買上書店名	都道府県　市区郡　書店			
ふりがな お名前			大正 昭和 平成　年生　歳	
ふりがな ご住所	□□□-□□□□			性別 男・女
お電話番号	（書籍ご注文の際に必要です）	ご職業		

お買い求めの動機
1．書店店頭で見て　2．小社の目録を見て　3．人にすすめられて
4．新聞広告、雑誌記事、書評を見て（新聞、雑誌名　　　）

上の質問に 1. と答えられた方の直接的な動機
1. タイトル　2. 著者　3. 目次　4. カバーデザイン　5. 帯　6. その他（　　）

ご購読新聞　　新聞	ご購読雑誌

文芸社の本をお買い求めいただき誠にありがとうございます。

この愛読者カードは今後の小社出版の企画およびイベント等の資料として役立たせていただきます。

本書についてのご意見、ご感想をお聞かせください。 ① 内容について
② カバー、タイトルについて
今後、とりあげてほしいテーマを掲げてください。
最近読んでおもしろかった本と、その理由をお聞かせください。
ご自分の研究成果やお考えを出版してみたいというお気持ちはありますか。 ある　　ない　　内容・テーマ（　　　　）
「ある」場合、小社から出版のご案内を希望されますか。 する　　しない

ご協力ありがとうございました。


〈ブックサービスのご案内〉

小社書籍の直接販売を料金着払いの宅急便サービスにて承っております。ご購入希望がございましたら下の欄に書名と冊数をお書きの上ご返送ください。　（送料１回210円）

ご注文書名	冊数	ご注文書名	冊数
	冊		冊
	冊		冊

エリは姑の好きだった香を求めた。一時間ほど電車に揺られ、さらにバスを乗り継いでやって来た霊園に人影はほとんど見られなかった。

姑が健在な頃、初めてここに連れられてきた時のことを思い出す。丹念に墓の周りの草を毟り、墓石の隅々まで洗い清め真っ白なタオルで拭っていた。上等の線香とつましい花を供え、長い間手を合わせていた。墓参りとはこうするものかと初めて知った。エリには姑の姿が今でも焼き付いている。

時折吹く風が墓地に生える薄紅色の撫子《なでしこ》を揺らす。花びらの縁が細く裂けた五弁の愛らしいこの花を姑は好んでいた。

百段ほども階段を上り右奥へ奥へと進み佐山家の墓碑の前に立ち、エリはたっぷりの水を掛け丁寧に墓石を洗った。夫と姑の眠る墓前で、束ねた線香の煙がくゆる。

夫が亡くなった後の姑の憔悴は尋常ではなかった。あれほどしなやかでそれでいて凛としていた姑が見る見る萎びるように小さくなってしまった。エリの家族はもう姑だけなのだから、と懸命に働き姑を支えた。そんなエリを見ていて姑は決してエリを縛ろうとはしなかった。力及ばず姑は亡くなり再びエリは独りぼっちになってしまった。でも家族というものを知ったエリはもう怖くはなかった。一人ででも生きて行けそうな気がした。

姑が残してくれた撫子の花の日本画と、山吹をあしらった着物がエリの宝物になった。着物など持っていても着ることさえできない。それでも決して自分では買うことのない物を手にした時、だれかに自慢してみたくて、山吹の花を指でなぞっては眺めたものだった。

徹に、友達の病気見舞いと下手な嘘をついて伊豆行きの念願を果たしてから半年が過ぎた。徹と病気見舞いが話題になりそうになり、エリはいささか慌てた。

「田舎のお袋、とうとう入院しちゃって僕も見舞いに行かなくてはならないんだ」

「確か、岡山だったわね。遠いのね」

「何、新幹線に乗っちゃえばすぐさ。僕の田舎へ行こう。エリさんをお袋にも紹介したいんだ。お袋はエリさんに合わせれば元気が出ると思うよ。そうしようよ」

徹の目の色が俄に変わりエリを戸惑わせる。紹介なんかされては困る。徹の家は旧家だそうだ。お母さんは元気が出るどころか悪化してしまうだろう。エリの過去を根掘り葉掘り聞かれては困る。エリ自身が漠然として分からないことや知らないことがある過去なのだ。そのために今まで何度いやな思いをしてきたか。どれほど口惜しさに唇を噛んだことか。それを救ってくれたのは夫だった。姑だった。短い間の家族ではあったがエリは十分すぎるほどの愛を知り、一生分の幸せを味わったとさえ思っている。もうエリは決して多くを望まなかった。

「エリさんはいや？　年下の僕ではだめ？」

返事をためらうエリに徹は食い下がる。決してそうではない。もっと若くて花のある徹にふさわしい人がきっとどこかにいるはずだ。

徹には幸せになる権利があるわ。かつて夫がエリに言った言葉をそっくり徹に伝えた。エリさんだって同じじゃないか。徹も引き下がらない。エリは揺れた。徹はエリの肩を強く抱え込んだ。

「春になったらどこか山道を歩こう」

肩を抱かれたまま徹の声を聞いていた。


リュックを肩にして登り道を歩きながら徹はエリの顔を覗き込む。

「愛してるよ」

平素は決して聞かない台詞を堂々と言われてエリは照れた。山は気分を解放するらしい。

「この花、知っている？」

徹はリュックを下ろして足を止め、道の傍らに咲く黄色の花房を手にしている。

「山吹でしょ。私の好きな花なの」

「僕も好きなんだ。特にこの一重咲きのがね」

姑が残してくれた着物の柄の花だった。

「一重はね、ここみたいな野山に自生して実がなるんだよ。この花って形はすごくシンプルなのに、この黄色は圧倒する鮮やかさがあるよね。赤や紫なんかよりも」

徹は花を手にとって顔を近付けた。エリの知らない一面を見た。

「山道を歩いていて突然この花に出くわすとどきっとするんだよ。なんというか艶やかさみたいのを感じてさ」

「山が好きなのね」

「田舎で子供の頃、よくお袋が近くの山を連れ歩いてくれたんだ」

一メートルほどの枝先の、黄金色の小花は徹の手の中で揺れる。

「八重咲きや白山吹は園芸種なんだよ。田舎の家に咲き乱れているからさ。見せてあげるよ。見に行こうよ」

エリは徹の差し出す手を自然に握っていた。

傍らの渓流にハクセキレイが舞い降り、川面を照らす春の光はリズミカルに眩しくきらめく。数羽のハクセキレイが河原の石の上を気忙しげに飛び歩いている。

山歩きに誘われて徹の数々を知った。エリはどこまで自分を開放したのだろう。

珍しく寝坊をしてエリの職場の一番乗りはならなかった。更衣室のロッカーの陰から数人の声が聞こえてくる。

佐山エリさん、結婚するんですってよ。それも若い男と。背が高くてハンサム。新婚旅行は伊豆だってさ。あの人ってさぁ謎めいてない？　いつもにこにこしているくせになんにも話さない。家族のことも友達の話も。食べ物かテレビの話しかしないでしょ。調理師だもの、食べ物の話はあたりまえじゃん。ふーん、あの人独身だったんだ。落ち着いて見えるよね。離婚でもしたんじゃないの。あの人さぁ、どんどん綺麗になってきているよね。ところで結婚するってだれから聞いたの？　だれからか知らないけど皆言ってるよ。

ファミリーレストランで見掛けた焦茶の髪飾りの後ろ姿。調理室では白いキャップを被っているので分からないが、その髪飾りの女は調理補助のパート社員だと気づいた。馬鹿げている話と苦笑しながらもロッカーの前には行きづらい。でもどうやら皆楽しんでいるらしいので知らん顔をしていよう。こんな程度の噂話におたおたするエリではなかった。

おはよう！　いつもと変わらぬエリの声が響いた。噂話の声はすっと消えた。


「本当にもう肋骨は治った？」

「本当よ。もう少しも痛くない」

「触ってもいいかな」

「ダメ」

徹はダメと言われながらも手を伸ばしてくる。エリは言葉では拒みつつ、なすがままに逆らうことはしない。

「今日は少し飲みすぎたね」

絡み合う足が熱っぽい。

「ごめんね。眠くなっちゃったわ」

「いいさ、眠ったって。夢でも見てれば」

徹の声を聞きながらエリは沈み込むように眠りに落ちていった。瞬間、爪先が伸びそのまま脱力したことをエリは知らなかった。

夢でも見てれば、と徹の声を耳にしたエリは行ったことのない所に立っていた。目の前の河原には辺り一面に撫子の花が広がっている。薄紅色の小花は遥か遠くまで敷き詰められエリはその中にぽつんと立っている。遠くに人影が見える。男なのか女なのか分からない。人影は次第にエリに近付いてくる。すぐ側まで来ているのにだれだか見分けがつかない。ああ、お姑《かあ》さん？　声を掛けて振り向いたのは晃一だった。エリが差し伸べた手に触れたのは黒いタートルネックのセーターの塊だけで晃一は消えていた。気負いのない優しい薄紅の細かく裂けた花びら。微かに白味を帯びた緑の細い葉と茎。すべてがぼやけて模糊としているのに撫子の花だけは鮮明に瞼に残っていた。

「撫子の花がいっぱい咲いていたわ」

「撫子？　夢を見ていたんだね」

徹と足を絡ませながら亡夫の夢を見た。

あれって可愛いけれどなんだかはかない花ね。エリは口には出せなかった。口に出してしまえば徹との仲もはかなく消えてしまいそうな、そんな気がする。多くを望まないと言いながら今のエリには徹は大切な人だった。

「撫子の群落があるんだ。山陽線に沿う土手いっぱいに咲くんだ。一キロメートルも咲き続けているんだ。見に行こう！　いつ行く？」

若い徹はすぐにも行動に出ようとする。岡山まで行けばきっと徹の家にも行くと言い出すに違いない。

エリは黙って徹の胸に顔を埋めた。


エリは年末年始も黙々と働いた。独り身でどこにも行く当てもなく、だれも来る予定のないエリはそんな時こそ出勤を買って出た。

老人ホームの入居者は食事を何よりの楽しみに待っている。新年をホームで迎えた人たちのお節料理を、心をこめて盛り付ける。

徹は家族揃って郷土の雑煮に箸をつけているだろう。一人で正月を過ごすエリを何度も何度も思いやってくれた。そんな心遣いだけでエリは十分だった。

帰省した時にエリさんのことを話してくるからね、と繰り返し言っていた。引け目なんか感じることないんだからね、と念を押しながら。

お袋の具合が急変し予定通りには帰れなくなった、と徹からの知らせを受け取ったのは元日の夜遅くだった。五分ほど話をした後、徹はじゃあね、と言って電話を切った。

徹とはもうこれっきりになる。エリは確信に近いものを感じた。それにはなんの理由もない。ただそう感じただけだ。

「じゃあね」の台詞がいつまでもエリの耳に残った。では、またね。帰ったらまた会おうね。徹は確かにそう言っているのに。それは久美先生の「じゃあね」であって決してエリとは関係がないはずなのに。

エリは人との出会いよりも別れに敏感になっていた。徹との出会いも逢瀬も、常に別れの予感がつきまとっていた。独りぼっちには慣れている。まだ徹との別れが決まったわけでは決してないのに。

一人寝の正月の夜は深々と冷える。

寒さのせいか肋骨の先端が微かに疼く。

膝を抱え、眠りに落ちて行くエリの耳にベルの音が届く。こんな時間の電話なんて徹しかいない。徹に違いない。

ベルの音に重なって晃一の声が聞こえる。

君は幸せになる権利があるんだよ。幸せはだれも運んで来てはくれない。自分で求めて行かなくてはね……。
徹と一緒に歩いていこうか。晃一が背中を押してくれるかもしれない。
眠りの中でエリは鳴り続けるベルの音を聞いていた。
ベルの音に合わせて撫子が揺れていた。

イ　短調

数分前に最終バスは出てしまった。

ちぇっ、ついてないなあ。純は頬を歪め、片目を瞑って空を見上げた。

肩をすぼめて駅舎を飛び出すと雨の中を大股で歩き出した。雨粒の当たる眼鏡がうっとうしい。生まれつきややカールしている髪の毛の先から滴が垂れ、夏服唯一のスーツを濡らす。長身を前屈みに、赤信号も歩を緩めず渡りきる。人通りも絶えた裏道を時折車が水飛沫をあげて走り抜ける。ハナミズキの街路樹が途絶えたところでマンションが見えてきた。純は鞄を抱え直してスピードを上げ、十二階を目指した。

「なによ、ずぶ濡れで！　タクシーにすれば良かったのに」

「そんな贅沢はできないのでーす」

純はまどかの投げたタオルで頭を拭いながらちょこちょことリビングルームを歩き回る。

「早く上着を脱ぎなさいよ。風邪ひくでしょ！」

「風邪をひいている暇なんてないのでーす」

横目でまどかをいなしつつネクタイを鷲掴みにして緩め、スーツを脱ぎ捨てながら父の部屋を見やった。もうとっくに寝ているに違いない。浴室の換気扇を回すと勢い良くシャワーを捻った。浴室の隅にはまた、まどかのヘアピンが赤茶の錆を出してタイルを汚して置き忘れてある。死んだおふくろがよく注意していたのに、姉の悪い癖は一向に変わらなかった。薬剤師の姉ちゃんは三十を過ぎたというのにこんなことも直らないのかよ、と三つ違いの弟は赤茶の錆をこそげ落とした。

純は愛車のレガシーを飛ばし幼友達、正志の家へ向かった。正志は玄関の前で待っていた。真ん丸顔がこの頃はまた太ってますます丸くなり、ふとした時に現れる縦長の笑窪もすっかり埋没気味、短く太い腕を上げて純を迎えた。

土曜、早朝、快晴。絶好のドライブになること間違いなし。高速道路に入るまでも順調だった。一時間ほどを走る。山々は晩春か初夏か、ますます緑が増えてくる。

「結婚しようと思うんだ」

「えっ！　今なんて言った？」

「おかしいか、俺が結婚なんて」

純は唾を飲んだ。

「そんなことないさ。そんなことないよ」

純の持つハンドルに思わず力が入る。こんな時はなんて言うんだ？　幼友達の正志が結婚するっていうのになんとか返事をしなくては。気の利いた言葉の一つも浮かばない。口をぱくぱくさせるばかりだ。なんだか急に喉が乾いてきた。

高速道路は緩やかにカーブしながら上り坂が続く。今が盛りのヤマボウシの白い大きな苞片がやけに目につく。助手席の正志も黙ってしまい話の接ぎ穂が見つからない。

「次のサービスエリアでスタンドに寄ってくか」

純は呟いた。まだガソリンを補給するほどではないことは二人とも知っていた。広い駐車場は疎らに空きがあり、今日はうまくいくぞと純は安心して目指す「P」へ向かった。しかし、その「P」は塞がっていた。新車と見えるワゴン車が止まっている。

「待つか」

うん、と正志は返事をして軽く伸びをしている。エンジンをかけたままとりあえず止まっている位置からは観光バスが数台目に留まる。胸に団体旅行のワッペンを付けた一団がぞろぞろとトイレへ流れ込む。

「ワゴン、出るぞ」

ふいに正志が純を促した。売店の土産袋をぶら提げた若者数人が銜え煙草のまま、のんびりワゴン車に戻って来た。全員が乗り込んだ後もなかなか発車する気配がない。

しかし、純も正志も文句も言わず苛々もせず「P」のスペースの空くのをじっと待った。数年の間に何十回も純と正志はドライブをしてきた。街中も山も川も沼も気軽に気楽に走り回った。その間にサービスエリアなどでの駐車場では二人とも何度も何度も嫌な思いを重ねてきた。使いたいのに不用意に置かれた車で使えない。しかし今ではその「P」に関してはすっかり達観している。もう、けちもつけなければ権利の主張もしなくなった。

純はワゴン車が出た後の定位置に車をつけると外に出て大きく背伸びをした。正志は太い首を後ろに捻り、後部座席の折り畳まれた車椅子を器用に一人で取り出している。正志が純のレガシーでドライブをする時は決して甘えることなく正志自身の車の時のように車椅子の扱いはすべて一人でこなしていた。

正志が車椅子の生活になって純との初めてのドライブの時、純は当然のように正志の乗り降りや車椅子の出し入れを手伝おうとした。

「一生、こういう生活になるんだ。自分でできることは自分でする」

「でも」

「友達だと思ったらほっといてほしいんだ。助けてもらいたい時は素直に頼むから」

「でも」

「もう、自分の車だって自由に操れる。今まで通りに付き合ってくれよ」

「分かった」

純は分かりはしなかった。どうしてよいか分からなかった。高校時代にラグビーをやっていた正志の大きな体格でも車椅子は重たかろうに。自分が一緒の時ぐらいは手伝いたいのに。それこそ、友達なんだから……。

正志の毅然とした言動に三度目の「でも」は言えなかった。

身障者用の「P」に純のレガシーが納まるとそれぞれのトイレに向かった。初夏の青空に周辺の樹木が際立ち、風が吹く度に白樺の柔らかそうな葉裏が白く輝く。テントを張った出店のごへいもちを焼く香ばしい匂いに人が集まっている。

「何か食う?」

「いや」

結局は何も食べず、まだ必要でないガソリンを入れ、行きたくもないトイレに入り時間を費やした。正志の結婚の話が引っ掛かってなんとなくこうなってしまったのだ。

相手はだれ? 僕の知っている人? 早く知りたかった。が、イカやごへいもちを焼く煙の漂う所で話題にする気にはなれず、何事もなかったように純はエンジンを掛けた。

「あれ、入っている？」

「あれか？」

「この頃はさぁ、レガシーに乗ると自然にあれを聞きたくなるんだよな」

「もう何回も聞かせているんだからいい加減に曲の名前ぐらい覚えろよ」

純はちょっと得意げに唇の端を曲げ、正志に笑顔を向けた。

「覚えたさ。グリーグの、えーと」

「ピアノコンチェルト、イ短調」

正志は何本も並ぶテープの箱からそれを選び出し、不器用そうな指でセットした。

「ボリューム上げろよ。出だしがいいんだから」

ＯＫ！　と言いながら正志はカーステレオを調節した。

しばらく続いたカーブは直線道路になりスピードを上げる。見慣れた緑が絶え間なく勢いよく目に飛び込む。

ティンパニーが息を潜めるように鳴り出す。やがてクレッシェンドで高まり一気にフォルテッシシモに上り詰め、そして華麗なピアノが登場する。

「な、いきなりティンパニーってのがいいだろう」

「ああ、もう純に何度も能書き聞かされているから俺だって良さが分かるさ。内面に深い情熱を秘めているイ短調、だろ」

「僕の知っている人？」

純はいきなり切り出した。こんな話し方は自分でも予期していなかった。

「うん……。かおるちゃん」

「えっ、あのじゃじゃ馬の？」

純は思い切り正志のほうに首を捻った。

まさか！　なんていうことだ！　かおるちゃんは僕が密かに思いを寄せている人じゃないか。かおるちゃんだって僕に気があるに違いないんだ。それがいつ、なぜ、どうやって？

「今は違うさ。じゃじゃ馬なんかじゃない」

正志は前方を見詰めたままだ。

「そうか、そういうことになっていたとは驚きだなぁ」

純は平静を装った。聞きたいこと知りたいことだらけだ。

かおるは中学の時にどこからか転校してきて純たちのクラスになった。大柄で威勢のいいかおるはたちまちクラスに溶け込み男女にかかわらず多くの友達を作った。たいして勉強はできなかったが正義感が強く担任の信頼も厚かった。面倒見が良い代わりに何かと口うるさくあちこちで諍いも起こしていた。その割には人気者で、かおるにやっつけられると分かっていながら男子はちょっかいを出したがった。純はカールした髪の毛をからかわれ、正志も笑窪が女みたいだと言われながら笑窪が出る度にかわいいかわいいと冷やかされていた。そのかおるちゃんと正志は結婚するというのか。

コンチェルトはいつの間にか第三楽章になっていた。早いテンポで流れるピアノに、重厚で迫力のある管と弦が綾をなして重なり緊迫感を増す。

ふと前を走るバイクに目が止まる。隊列を組んだハーレーダビッドソンだ。十数台はあろうか。ハンドルを握る中年の男たちは全員が揃いの服に身を包み、誇らしげに等間隔での走行だ。レガシーは勇壮な男の集団を羨望をもって追い越した。バックミラーの中で一団は次第にレガシーとの距離を離し、やがて二人の溜め息と共に消えていった。

「あれってこの曲にぴったりだったよな！」

「同感！　正志もいい耳しているな」

「彼等のために第三楽章を伴奏してやったのさ」

一瞬の華やいだオートバイの伴奏付ショウが幕を引くと、純も正志も妙に無口になっていた。顧みるのが、思い出すのが怖いくせにそれぞれがバイクに思いを重ねていたのだ。

人里離れた急カーブのガードレールに激突した三五〇CCの正志のバイクは空を舞った。確かに空を舞ったのを見た。

その時の一人の重傷者と三人の若者はどう行動したのか、後日いくら大人に問い質されても曖昧で摑み所がなかった。警察の調書にはどう応じたのか、だれもが話したがらなかった。辺鄙な町の病院に駆け付けた四人の親たちはあまりの立場の違いにだれもが口を閉ざしていた。

高校二年の春、中学時代の純たち仲良し五人組は密かに房総へのツーリングを企てた。五人の中にはバイクに乗ることを禁止されている高校もあったので計画は慎重に進められた。

純の父は勤務に実直で真面目一方、音楽を聴くことだけが唯一の趣味の公務員。規則を守り、ひたすら職場と家庭の往復に勤めているその父親にはバイクの免許を取ることすら秘密にしなければならなかった。

「純、何か隠し事をしているでしょ！」

純は当時まだ元気だった鋭い母親の勘にたじたじとしながらも白を切り通し、友達の兄貴からお古の小さいバイクを格安で譲ってもらうまでをやってのけた。唯一苦労したのはそのバイクをどこに隠しておくか、だった。

計画の途中で五人のうちの一人が消えた。事業に失敗した親とともに仲間に行方も告げず、どこかへ越して行ってしまったのだ。それを知った残りの四人は夜更けの団地の公園に集い、悶々と時を過ごした。十七歳の知恵を持ち寄ったが結論は出なかった。常に五人で一組が当たり前だった。

純の決意も揺らぎ始めていた。アルバイトにも精を出し、親に内緒でバイクまで手にした。しかし決行にまで突っ走れるか。自信がなかった。すでにそこまででかなりのエネルギーを費やしてしまっていた。

計画は中断された。が、夏が近付くにつれ、だれからともなく話は再燃し、そうなれば一気に燃え上がっていった。最終的には綿密な計画書を作り上げ、それぞれの親に許可を得て堂々と出掛けようということにまとまった。

話を持ち出すまでの数日、純は品行正しく親には逆らわず規則正しい日常を過ごし、机にも向かう生活を続けて点数を稼いだ。両親が揃い父親の機嫌の良い時が来た。純は恐る恐る、しかし堂々と計画書を出し、ツーリングの許可を求めた。細々質問され、揚げ句に反対される可能性は十分にある。でも、四人の意志は堅かった。一人でも崩れれば計画はなくなる。その一人には絶対になりたくなかった。

両親は長い時間、黙って計画書を見詰めていた。姉のまどかが遠巻きに興味深そうに冷やかし半分で様子を窺っている。野次馬、ひっこめ。純はまどかが邪魔だった。が、ここで喧嘩をすればマイナスになる。両親に気づかれないよう横目でまどかを睨みつけた。親父の目尻の皺がうごめく。おふくろは口紅のはげかかった唇を半開きにしたまま計画書に見入っている。親父が先かおふくろか、口を開くのはどっちだろう。純の緊張は高まった。握った拳を膝に置いたまま親の言葉をじっと待った。

「事故だけは起こすなよ」

「はっ?」

「十分気をつけてね」

呆気なかった。拍子抜けした。耳を疑った。肩透かしを食わされたようで信じられなかった。こんなにすんなりいくなんて！　心のそこからにんまりしたくて、でも奥歯を噛み締めてじっと我慢した。小躍りしたくて、でも疼く手足を押さえ込むのに必死の努力をした。良かったね、と姉のまどかがウインクした。純はガッツポーズで応えた。後は残る三人の結果を待つだけだった。

冷静になってからはなぜこんなにうまくいったのか、考えれば考えるほど疑問が残った。まどかの台詞が気になった。極秘で進めてきた計画を、両親に初めてみせた計画書をまどかが知るはずがないのに。

純はまどかを問い詰めた。まどかは小馬鹿にしながら純をからかった。書き損じた何枚かの計画書の用紙を不用意にごみ箱に押し込めていたのだ。まどかがそれを見つけ、母へ父へと繋がり、ついでに純の知らないところでいろいろ調べられ、仲間の親同士の連絡さえもつけられていたとは！　秘密と思っていたのは純だけで、家族の中で純は丸裸にされていた。

「注意深そうで間が抜けていてまだまだ子供よね」

まどかは憎たらしい口を利く。

「おまえなんか早く嫁に行っちまえ！」

純が十七、まどかが二十の頃だった。あれからもう、十年が経っていたのだ。

ハーレーダビッドソンが視界から消え、グリーグのコンチェルトもいつの間にか終わっていた。標高はさらに増して初夏の緑色はたとえようもなく神秘的で、絵の具やクレパスでは表し切れないほどのバリエーションに富んでいた。松食虫にやられたのか茶色に変色した立枯れの松が緑の中で痛々しい姿を晒している。飛行機雲が微かな尾を引いて山の端に消える。

「そろそろ山藤が咲き出すな。藤の蔓で遊んだターザンごっこ、おもしろかったよな」

「ああ」

「何年ぶりかな。純の田舎に行くなんて」

「正志が大怪我をしたことすら知らせてないんだから、車椅子でなんか行ったらどんなに驚くだろう。悲しむだろうな」

純たちが小さな小学生だった頃、夏休みの度に正志も一緒に純の田舎に行っていた。二人は、近くの山を連れ歩いてくれるじいちゃんが大好きだった。虫探しや藤の蔓の遊び、小さな川の飛び越え方や坂道を上る時のこつ、雨が降り出しそうな時の風の匂いや木の実の種類、かぶれる木の怖さなどなど。ぶよや藪蚊や蜂にまで刺され、棘のある木にひっかかれたりもした。それでも山遊びをねだった少年の日々にタイムスリップするのは二人にとってたやすいことだった。

長じてからも純と正志の山歩きや川遊びは常に一緒だった。動植物の生態を知り、釣りの妙味を覚え、やがて自然を通して豊かな大地や汚染されていく国土にまで興味の範囲は広がっていった。知識や関心は環境問題にまで及び、学業の傍らボランティアでその種の活動に身を入れた。近隣のビジターセンターと関わりを持ち、小中学生のリーダーとして自分たちの得た遊びの技術や自然への知識を伝えていった。二人の青春は輝いていた。原点はじいちゃんとの山遊びだった。

「いつか、俺たちの手で小さな山の学校を作ろう！　俺が校長で純は用務員！」

「なにを抜かす。社長は純様、おまえは営業、生徒をたくさん集めて来い！」

他愛ない会話は次第に熱を帯び、おぼろげな形の夢になっていった。廃校になった校舎か、離村した民家を買い取ろうなどとあながち不可能とも思えないアイデアが次々浮かび、青年の夢は膨らむ一方だった。夢の実現のために伝も人脈も大切に集め、少しずつしかし確実に力を蓄えていった。そのじいちゃんも年を重ねてめっきり弱り、一日の大半をうつらうつらと寝て過ごしているという。

見舞いに行こうと言い出したのはどちらからだったか、たちまち意見はまとまった。その車の中で正志の結婚話を聞かされるとは純にとってはまったく意外だった。

高速道路は渋滞もせず快適なドライブは続く。正志はもう一度カセットレコーダーのスイッチを押した。再びティンパニーが息を潜めるように鳴り出す。やがてクレッシェンドで高まり一気にフォルテッシモに上り詰め、そして華麗なピアノが登場する。

大怪我をして長引く入院生活の正志を、友達は連れ立ってしばしば見舞った。純は学校帰りに一人ででも病院を訪れ長い時間を正志の病室で過ごしていた。学校や病院の話題よりカップラーメンをすすりながら女の子の噂話のほうが続いたものだった。時にはがやがやとやって来るかおるたちと出会うこともあった。友達なのに女性へと変わって行くかおるが眩しくて純は少しも素直になれず、ろくに話もせずいそいそと帰ってしまったことも二度や三度ではなかった。

「三つ目の病院に転院してリハビリ中心の治療になったあの頃からかおるちゃん、頻繁に病院に来るようになったんだ」

「ということは、僕が東京を離れて大学に行っていた頃か?」

「かおるちゃん、純のこと妬いていたんだな。俺とあんまり仲が良いんで」

「しおらしく見舞いに来るわけ？」

「とんでもない。あの性格だろ。まいったよ。お節介やきでさ、親よりうるさいんだ」

「それがなぜ？　どうして結婚にまでなったんだよ」

正志はクーラーボックスから冷えたお茶を取り出し、純に手渡した。

「はぐらかすなよ」

「あの頃、最高に落ち込んでいたんだ。手術に次ぐ手術で、その間は成功することばかり考えていたからそれなりに緊張していた。でも、もうここまでって医者に言われた時リハビリに励む力なんかなくなっちまったんだ。みんな高校卒業して、純もどっか遠くへ行くっていうし……。青春の真っ直中、なんで俺だけがって」

「そうだよな」

「友達はだんだん来なくなるし、来る日も来る日もつらいリハビリばっかりでさ」

「そうだよな」

「ある時、おしゃべりでお節介やきのかおるちゃんが俺と一緒にずーっと黙っていてくれたんだ。何十分もだぜ。だれの顔も見たくなくて、だれとも話したくなくてじーっと天井の隅の染み、見詰めていた時さ」

「共有してくれたのか」

「その時は分からなかった。今から思えばその日を境にかおるちゃん少しずつ変わっていったような気がする」

「あのじゃじゃ馬がね……」

ふいにかおるの一面が純の中で重なった。

かおるがスーパーの横丁で子猫を拾い、育てようとしたものの家では飼うことを許されなかった。再び捨て猫にするには忍びず、かおるの責任で友達の力を借りて飼うことになった。ミーと名付けたその猫が行方をくらまし、てんてこ舞いの騒動に純も巻き込まれてしまったことがある。

あのおしゃべりでお節介やきで騒々しいかおるが黙々と子猫の潜り込みそうな所を探し続ける。一緒に歩いていた仲間たちは一抜け二抜けして去っていった。その友を詰るでなくありがとうと言っている様を見て純はとても引き下がれなかった。日が暮れて街灯に灯が入りそれでもかおるは諦めなかった。

食品会社の倉庫の裏階段にうずくまっているミーを見付けたのは純だった。かおるは純とミーを交互に見詰めそれから深く深く頭を下げた。それから純に近付きミーを抱いたまま少し背伸びをして目を瞑り、唇を重ねてきた。映画みたいだ。純はぽーっとなったまま、裏階段の手摺をいつまでも握っていた。ミーに頬ずりしながら帰って行くかおるを純は見えなくなるまで眺めていた。

ミーのために歩き回ったのではなく、かおるちゃんのために探し続けたのだと純は確信した。かおるの唇は純の知らない間に正志に向けられていたのか。きっと東京を離れている間にそうなってしまったんだ。

第二楽章のアダージョからそのまま切れ目なく第三楽章に入り、正志はボリュームを少し落とした。

「かおるちゃん、俺と付き合うこと親に強烈に反対されていたらしいんだ」

「それを押して結婚にまで漕ぎ着けるなんてすごいじゃないか！　めでたいじゃないか。祝福するよ」

純の声はうわずっていた。

「決してすんなり来たわけじゃない。いろいろありすぎるほどあってさ。出口のない悪路を走っていたような時が何度もあったさ。とても口に出して説明なんかできないよ」

しんみり話す正志の横顔を、純はハンドルを握りながら何度も何度も見た。

「皆より二年遅れて高校卒業しただけだってすごいエネルギーだよな。車椅子で学校通ったんだから」

純はその後の正志の心の移り変わりをあまり知らなかった。自分のことだけで精一杯だったのだ。正志が曲がりなりにも四年の学業を終え、福祉施設の事務員として今の生活を確立するまでにいかに工夫と努力を重ねてきたのか、友達として知る部分は少なかった。ましてその間をかおるちゃんが埋めていたとは！

「かおるちゃんのことなんて今までおくびにも出さなかったじゃないか」

「ああ、つらい恋だったからな」

純はショックだった。正志の真剣な恋を知り、たじろいだ。

「正志は僕なんかより遥かに大人だ。及びもつかないほど」

純は正面を見据えながら心底そう呟いた。グリーグの曲なんか二人ともちっとも聞いてはいなかった。曲が終わっていたことさえ気づかなかった。

大きなトラックが幌をはたはたさせながら勢い良くレガシーを追い越して行った。

純はふと途中下車を思い立った。急ぐ旅ではなし、早朝から順調に走り余裕すらある。

「若竹学園、ちょっとだけ寄ってみるか」

「ああ、久し振りだね。光太のやつ、何年生になったんだろう」

「ずいぶん職員が入れ代わったそうだけどどうしているかな」

「驚くだろうな。前触れもなく顔を出せば。入院中はよく俺になついていたからな。それで友達になったんだ」

早速、二つ先のインターチェンジでの下車を決めた。

山間の県道は次第に細くなり、道の左右を木立ちが覆う。清流を横目に見ながら二十分ほどを走ると遠くに福祉法人、若竹学園の赤い屋根が見えてくる。

正志が三つ目の病院で知り合った光太少年は、退院後どういうわけかこの学園に入所した。少し知恵の遅れている光太が人里離れた施設に入れられたことを、正志はとても不憫に思っていた。噂話によれば、親元を離れているほうが光太にとっては幸せとか。正志はそれ以上を知り得なかった。光太の友達としてほんのたまに顔を見せることくらいしかできなかった。

赤い屋根が近付くと正志は何か土産にするものはないかと車内を見回したが何も適当な物はない。清流の釣人を眺めていた純はおもしろそうな形の石を拾ってこようと思いつついた。素早く河原に下りた純は数個の小石と名前を知らない花を手にしてきた。

若竹学園と立派に書かれた門柱に枯れ葉が数枚こびりついている。学園のだだっ広い駐車場には車が二台、隅のほうに止まっているだけだ。駐車場の真ん中にレガシーを止め、正面玄関のほうに目を移した純は、一瞬、息を飲んだ。純に気づいた正志も目を疑った。

玄関前から広がるグラウンドの広い広い地べたに見知らぬ少年が一人、正座している。子供なのに身動ぎもせず。いたずらか悪さをしておしおきで座らされているのだろうか。以前、光太からそれに似たような話を聞いている。あの少年も、もしかしたらば光太と同じように少し知恵が遅れているのかもしれない。

静まりかえった施設の広い校庭に何の理由があってか一人ぽつんと正座させられている少年の姿がやり切れなかった。見てはいけないものを見てしまったようでいたたまれなかった。少年の他には何もない。がらんとした空間があるだけで、犬も猫も木も草さえも。少年の背後に小さな影があるだけ。初夏の陽射しは強かった。見知らぬ少年と純と正志との間で時は止まっているかのようだった。

純は黙って車を回した。門を出てから車を止め、やはり黙って車の外に出た。さきほど光太の土産にと拾ってきたきれいな小石と河原の花を門の所に置いてきたのだ。小石はケルンを積むように。県道をたどり、再び高速道路に戻るまで純も正志も一言も口を利かなかった。純の脳裏には見知らぬ少年の小さな影だけが残っていた。

「会社、抜け出して二、三年どこかに行って来ようかと思っているんだ」

「出し抜けになんだよ」

純の中では決して唐突ではなかった。家族が嫌いなのでもなくサラリーマンとして建築関係の仕事がうまくいっていないわけでもない。純にとっては平和で順調な日常を送っている。それなのにこのまま月日を重ねることに疑問が湧いて久しかった。

何か違う。何かしたい。どこかに何かがあるような気がする。真っすぐで信号もなく快適に走れる高速道路ではなく、道路表示もないぬかるみ道に、もしかしたら宝物が落ちているかもしれない。行き着く先が袋小路であっても、息を飲むような花が咲いているかもしれない。

「海外青年協力隊みたいので?」

「いや、まったくフリーで」

「今の時代、そんなことしていたら会社の席、なくなっちまうだろ。甘いと思うよ」

「途中下車、したいんだ」

「純がそういう言い方をする時はもう決めているんだよな」

「分かるか？」

「考えてみれば俺が事故にあったのもなんていうか、えーと、俺の人生の途中下車みたいなもんだな。尤もとてつもない迂回路通る羽目になっちまったけど。車椅子の生活になるなんて俺の人生の予定表には入ってなかったもんな」

でこぼこ道もなく通行不能の箇所もなく、たまに信号に引っ掛かったり自然渋滞に巻き込まれる程度の順調に来ている純の生活で、途中下車をして何をしてこようと言うのか。

「やっぱりどこかで何かをしたいんだ。それも今！」

「ちっとも具体性がないじゃないか。どこかだの何かだの」

正志の言うことは確かに尤もだ。

「もう俺たちの夢が実現できそうにないからか？」

「そんなことないさ。まだまだ若いんだからじっくり金も力も知恵も溜めてさ。諦めてなんかいないよ。夢は実現させる」

「俺がこんなになっちまったというのに？」

純は力強く頷いた。

「もしかしたら夢を具体化させるためにふらついて来るのかもしれないな」

「途中下車なんかしたって得るものなんか何にもないかもしれないよ。惨めな思いや辛いことばっかりでさ」

「いいさ。それでも」

「時間とガソリンの無駄使いに終わるだけでなく、車擦ったり側溝にはまっちゃったりさ」

「いいさ。それでも」

「最悪のことだって待ち構えているんだぞ」

「やりたいんだよ。何かを」

「よほど計画を立てないと危険だと思うよ」

正志にブレーキを掛けられれば掛けられるほど純の気持ちは固まっていく。

「それでどこへ行くの?」

「外!」

「アフリカ?　ブラジル?　中国?」

正志は矢継ぎ早に問い詰める。

純は正志のほうに顔を向け、にーっと笑ってごまかした。

「会社なんか辞めちまって、地球の裏側でも端っこでもどこへでも行っちまえ！」

「お前だってかおるちゃんのこと、隠していたじゃないか」

「それとこれとは違うだろ。バカじゃないか」

「テープかけろ。テープ。グリーグなんかやめろ。ハチャトリヤンだ、ハチャトリヤン！」

「勝手な奴！　バカじゃないか」

純は一気にアクセルを踏み込んだ。メーターは百二十キロを超え、さらに加速する。正志はカセットテープの箱を掻き回す振りをする。ボリュームを目一杯に上げる。ティンパニーが息を潜めるように鳴り出す。やがてクレッシェンドで高まり一気にフォルテッシモに上り詰め、そして華麗なピアノが登場する。

心を絞られるようなピアノの旋律に吸い込まれていく頃、レガシーのスピードは治まっていた。

「途中下車でも一時停止でも行きたい所へ行ってやりたいことやってこい！」

「ああ」

純は穏やかに答え、さきほどと同じようににーっと白い歯を出して笑った。密かに企てている計画を進め、やりたいことはやり抜こう。たとえ、正志の言う最悪のことが待ち受けていたとしても。純の気持ちは固まった。

「正志もかおるちゃんとうまくやれよ！」

「ああ」

正志も純の真似をしてにーっと下手な笑顔を見せた。

正志の結婚話が純の背中を押した。縦長の笑窪を見て純はふとそんな気がした。

「ところで、純のじいちゃんも音楽聞く？」

「いや、全然。音楽聞くのは親父だけ」

「純だってクラシックは相当のマニアじゃないか」

「生まれる前から、おふくろの腹の中にいるうちから聞かされていればな」

「このグリーグのテープ、じいちゃんにあげてくれれば」

「そうだな。うつらうつらしながら聞くかもしれないね」

純は片目を瞑り、ハンドルから手を離して正志にオーケーのサインを送った。

正志は自分の思いつきに膝を打った。

「内面に深い情熱を秘めているイ短調をね」

純はそう言いながらスピードを上げていった。

片笑窪

やっとのことで商談は成立した。

角のすり切れたブリーフケースがリズミカルに揺れる。ところどころシャッターの降り始めた駅前商店街を浜岡亮は足早に行く。人通りも少なくなったアーケードが途切れる辺りまで亮は速度を緩めなかった。明かりも疎らになった商店街の突き当たりを右に折れると間もなく色褪せた「浜岡印刷」の看板が見えてくる。浜岡亮は夜風を正面から受けながらそれとなく髪に手を当てた。豊かで長めだった髪の毛を先週末に切ったばかりなのだ。まだなんとなく馴染まず襟足を無骨な手で一撫でし、改めて背筋を伸ばした。背筋を伸ばした時、久し振りで着てきたスーツがなんとなく身に馴染まず、ベルトも緩いことがちょっと気になった。

歩きながらも取り交わした契約書が目に浮かび、喜びと緊張が交錯する。この仕事でなんとか少しでも盛り返さねば。決意も新たに浜岡印刷の会社までを、今は亮の仮の住まいにもなっている会社までを急いだ。

小さな工場と店を兼ね備えた二階建ての会社、浜岡印刷の前に立ち、亮は三十歳のときから十八年間見慣れてきた看板の文字を眺めた。いつもの癖で、看板を下から読み上げ最後に「浜」の字のさんずいの、真ん中の点が抜け落ちている所で目は止まる。直さなければば、と思うのもいつもと同じだった。

会社の明かりはついているが鍵は掛かっていた。もう皆帰ったのだろう。だれもいない社内を見回し奥の突き当たりの階段を上った。亮は慣れ親しんでいるインクの匂いを吸い込みながら二階の小部屋の明かりをつけた。この小部屋は以前は管理人室として使っていたが、数年前に管理人は年老いて故郷へ帰っていった。それきり管理人を置くほどのこともなく部屋はしばらく空いていた。

亮があたかも単身赴任のような形でこの部屋を使うようになってから二年ほどになろうか。社員の手前、何かと理由をつけて月に数日を泊まっていたがそれが週に三日ほどになり、今では週のほとんどをこの部屋で過ごすようになってしまった。

亮の気持ちの中に妻の菊江からなんとなく遠ざかりたい思いを感じ始めたのもその頃かもしれない。深いわけや決定的な理由があったとも思えずただ漠然と煩わしさを感じていた。二年ほど前の晩秋のある日、ふと家に帰るのが億劫になり、菊江にも告げずこの小部屋に泊まった。初めてのことだった。小寒い晩だった。亮の体内から何かが解き放たれ発散して行き、それは言い表しようのない感覚で亮を魅了した。小部屋は亮にとって快感の空間だった。犬の遠吠えに混ざって虫の音の聞こえていたことを今でも妙に覚えている。

次女の眞弓が小学校に入学すると菊江はすぐに働きに出ると言い出した。それは相談と言うのではなく決定的な言い方だった。

「それなら浜岡印刷で仕事をしないか。時間のやりくりもつくし、余所で働くよりは気兼ねせず子供たちに関われる。僕も助かる」

「あんなインク臭い所で、しかも家庭も職場もあなたと一緒だなんていやよ。働くんなら外の空気を吸いたいわよ」

「そのインクで今まで家族四人が暮らしてきたんじゃないか。颯爽と社会に出ていきたい気持ちも分かるけどそんな言い方はないだろう。インク臭いだなんて」

着々と準備をしてきたのか、家の中はきちんと片付き、つい先頃まで長めだった髪の毛も短くなりパーマがかかっていた。

亮は煙草に火を付けた。菊江は黙って灰皿を差し出した。

「君は僕が這いつくばって、必死になって働いていた頃を見ていないからな」

菊江と知り合った頃の亮は長い下積みを通り抜け、更に力を尽くせばなんとか店を持てそうな頃だった。

「今だって君から見れば、何気なく日々を過ごしているように見えるかもしれないけれど、会社を保ち続けることは大変なことなんだよ。零細企業のおやじなんていつも無理しているんだ。家には仕事の話を持ち込まないのはささやかな僕のロマンなんだけどな」

「男のロマンだかなんだか知らないけどあなたは好きで事業しているんでしょ。私はサラリーマンだったあなたと結婚したかったのよ。私まで巻き込まないでよ」

菊江の、あれはきつい言葉だった。

菊江は浜岡印刷も亮をも理解していない、とそう感じたとき一筋の冷たい風が頭の天辺から縦に通り抜けたような思いだった。菊江の本音に気づかなかった自分が愚かだった。快活で積極的な菊江の、どこを自分は見ていたというのか。

「いつまでも家に居たら世の中からおいていかれちゃう。家のことは今まで通りちゃんとやります。パートに出ます!」

それ以上の話し合いはなく菊江はきっぱり宣言して生活が変わっていった。短時間の勤務とは言え、大きなクリーニング店のパートは大変らしい。菊江は慣れない仕事と人間関係にくたくたになって帰ってきた。そして今までにはない声で子供たちを些細なことで怒鳴りとばし、亮にはやたらに突っ掛かってきた。明らかに疲れているのだ。無理をするなよ、早く寝ろよと言えばやけになって家事をこなした。家事の分担を提案すれば即座にそれを否定して自分でできますと意地を張る。あの頃は、まったくやり切れなかった。

それでも月日と共にお互いが慣れてきて家庭の中も外も少しずつスムーズに運ぶようになり、会話や笑顔も戻ってきた。お互いの微調整の成果がやっと表れてきたのだ。

子供たちも積極的に家事を手伝うようになり、亮も学校の話題にもついて行けるようになった。菊江の仕事の失敗談におなかを抱えて笑ったり、人知れずの工夫を自慢したり、そうなるまでに半年くらいかかったかもしれない。それなのに、せっかくうまくいきはじめたのに、菊江は突然パートの仕事を辞めてしまった。

「私より新米で年下の人が優遇されているのよ。納得できないわ」

「そんなことでいちいち仕事を辞めるなよ。だからパートのおばさんは、なんて言われちゃうんだ」

しかし、菊江はまたすぐに次の仕事を探してきた。そして、前にも増してエネルギッシュに動き回った。友達も増えたらしい。楽しみも多くなったのだろう。それと引き替えに時々帰りの時間も遅くなり、子供たちだけでの寂しい時間が長くなった。帰りの遅い亮の夕飯なんてほとんど用意もされなくなった。家のことはちゃんとやります、とは反古に近かった。それでも以前のようにヒステリーを起こされたり、いやみを言われたりするよりは遥かにましだった。

あれから数年の間に菊江は幾つ仕事を替えただろう。商品陳列の仕事もいつまで続くか分からないが菊江にしては長く勤めているほうだ。浜岡印刷もやりくりに四苦八苦しながらも順調に発展していった。時には家族がぎくしゃくして危なげなこともあったけれど、皆が健康で無事に暮らせていた。今にして思えばその頃が一番幸せだったのかもしれない。今はもう愛子は中学生、眞弓も五年生になっている。


大手、鈴蘭出版の事件はあまりに唐突だった。内部になにが起こったのか、関係者の相次ぐ自殺の末、突然潰れてしまったのだ。関連業者の混乱のようすは日夜新聞、テレビでの報道が続いた。テレビのワイドショーではいつもトップに取り上げられ、週刊誌には眉唾の活字が踊っていた。

ニュース番組が報じる倒産を余儀なくされた下請け業者の苦悩の場面は、亮にはとても余所ごととは思えない出来事だった。

一連の報道の大騒ぎが鎮まる頃、直接鈴蘭出版の大波を被っているわけではないが、浜岡印刷にもひたひたと、さざ波が遠くのほうからやってくる気配が感じられた。こんな零細企業にまで余波が来たのだ。単価が下げられ仕事量が減り納期の無理も強いられた。それだけではなく思いも寄らぬ他社の連鎖倒産のあおりで数カ月先の融通手形を余儀無くされてしまった。まさかこんなことが浜岡印刷に起ころうとは！　まさにピンチ！　資金手当ての目処がたたない。浜岡印刷は機械の購入などで限度一杯の借入をしていたため、窮状を乗り切ることがきわめてむずかしい。

ひたすら歩み続けてここまでたどりついた浜岡印刷は浜岡亮自身なのだ。僅かずつながらでも順調に伸びてきたこの会社を守らなければならない。社員と家族の生活のために、亮自身の存在のために、どんなことがあっても潰すわけにはいかない。

急ぎ、菊江にも現状を知らせた。これからはますます時間が不規則になることを、当分の間自分の給料もままならないことを、でき得る限りの協力をしてほしいことを求めた。いつの間にかみっしりと肉の付いてきた菊江は、珍しく神妙に亮の話を身を堅くして聞いていた。

「よく分かりました。家のことは心配しないで頑張ってください」

菊江は短く答えただけでそれ以上の言葉はなかった。菊江は分かっていない。亮は、そう直感した。いつ買ったのか、また見慣れない指輪をしている。太くなった菊江の指には似合っていない。亮は自分の現状を一瞬忘れて菊江の手をまじまじ見つめていた。

亮は社員にも危急を告げた。時とともに鈴蘭出版の影響は広がり、一瞬の油断も許されない。初めのうちは堅かった社員の結束も立て直しまで容易なことではないと分かってくるに従い、一人二人と転職を考えているらしい者も出てきた。中でも腕の良い古参の翻意を知ったとき亮の内心は焦りで一杯になった。自分の片腕だと思っていた彼の退職で、社内は不穏な空気につつまれた。亮は吸いもしない煙草を出したり入れたり、わけもなく頭を掻いたり、用もない引き出しを開け閉てしていた。脈絡もなく菊江の太い指の、似合わない指輪が目の前にちらつくこともあった。十本の指を長髪に突っ込みかきむしってはため息をついていた。

浜岡亮は一日中、仕事の確保と資金繰りに駆けずり回ることが多くなった。一方社内の手不足も補わなければならない。亮は外出から戻ればひたすら働いた。先月はなんとか過ごすことができた、今月もなんとしてでも切り抜けなければ。日が経つに連れその亮の意気込みは社内にも確実に伝わっていった。残った社員達は亮と一緒になって、皆夜遅くまで労を厭わず働き続けた。目の下に隈が出ていたのは亮だけではなかった。

車で三十分ほどの自宅まで、亮の帰宅は深夜を過ぎる日が続く。マンションの鍵音が妙に響く。玄関の明かりがついているだけの静まり返った我が家にやっとたどりつく。熱帯魚の水槽のモーター音が一際耳につく。水槽のブルーの照明が音とともにそこだけがこの家で生きているように見える。

以前は不機嫌な顔で起きてきた菊江も近頃は起きてこない。二言、三言交わす言葉が疲れた亮の心を苛立たせていた。いっそ、目の前にいないほうがどれほど気が楽か。

食卓にはレンジで温めるようにと走り書きを添えた簡単な食事が並べてある。食べる時もあるが、手を付けないことも多い。ぬるくなった風呂を沸かし直すのも面倒だ。それよりも一時も早く横になりたい。着替えるのももどかしく亮はベッドに倒れ込む。横にはなるものの亮には眠れぬ日々が続いていた。菊江と寝室を別にし始めたのはいつからだったか。再び水槽の音が気に掛かる。

亮はいつも疲れの残ったまま朝を迎えていた。寝起きの一服も旨くはなく朝食も楽しみではなかった。朝の慌ただしさの中で菊江の声だけが突出していた。次女の眞弓は黙々と手早く仕度して学校へ行く。愛子は頭が痛い、とまだ床の中だ。

「また頭痛？　今日も休むの？　医者へ行きなさいって言っているでしょ」

菊江の苛立つ声が響く。

「愛子、具合悪いのか」

「昨日今日に始まったことじゃないのよ。あなたは仕事仕事で愛子がどうなっているのかも知らないでしょうけれど私だって苦労してるのよ。近頃学校を休んでばっかりいるんだから」

いつからそうなったんだと聞こうとしたが亮は黙ってしまった。逃げるつもりはないが今はとにかく菊江に任せるより他になかった。

愛子に声を掛けたかった。なんと言ってよいか分からない。娘に言葉の一つも掛けられないとは我ながら情ない。ぽつんと刺してある壁の画鋲を呆然と眺めるばかりだった。

「毎晩遅いのね」

立ちすくむ亮に、前夜の手付かずの食卓を片付けながら菊江の棘を含む声が飛ぶ。

「生活費、いつ入れてくれるの？」

追い討ちをかけてくる。

「もうしばらくだ」

「しばらく、しばらくっていつも同じことばかり。会社は一体どうなっているの?」

亮は煙草を出しながら小さくため息をついた。いつもの所の、水槽の脇に灰皿がない。辺りを見回してもなかった。

「楽観できない。全力投球でやっている。皆がんばっているんだ。生活費は預金を崩して使っていればいいだろう」

ポケットに煙草を強く捩じ込みながら、亮の声もとんがっていた。

「定期に手を付けるわけにはいかないわ。あれは子供たちの学資なのよ」

菊江の声に不満がこもる。何もしなくてもいい。ただ理解さえしてくれればいい。だが菊江は生活費にこだわり続けた。


単価を下げられようと無理な納期であろうと仕事があるだけありがたかった。同業他社の、仕事が流れてこないぼやきを聞かされているだけに亮はどんな仕事でも大切に取り扱った。修行時代に培った辛抱強さが生きていた。

それにしても、度重なる寝不足で立て続けに生あくびが出て首の付け根が凝っていた。上瞼がぴくぴくぴくぴく痙攣している。その日は少し早めに帰宅した。

次女の眞弓がまだ起きていた。

「お母さんは圭一伯父さんの所へ行ったよ」

亮に眞弓が告げる。お風呂沸いてるよ、カレーができてるよと亮にまとわりついて世話をやく。愛子の部屋の電気もついていた。

そのころ、菊江は菊江の兄、圭一の家でしきりに亮のことをこぼしていた。

「商売していればいろいろあるさ。いい年してがたがたいうな。はねっかえりの菊江にはでき過ぎた男だぞ、亮君は」

「兄さんはいつだって亮の肩持つんだから」

菊江は矛先を義姉の冨士子に向け繰り言を重ねる。冨士子は言葉少なに耳を傾けている。

「菊江さんも大変でしょうけど亮さんはもっと辛いのよ。会社も家庭も守ろうとして必死なんでしょ。亮さんの好きなものでも作ってあげてポーズでもいいから笑顔で帰りを迎えてあげなさいな」

「どうせ食べやしないのよ。いつだって遅いし、そんなことしていたらこっちがまいっちゃうわよ」

「亮君は真剣勝負なんだ。せめて家の中くらい明るいイメージにしといてやれよ。男なんて些細なきっかけで、やーめたなんてそれまでの積み重ねを放棄しちまう奴だっているんだぞ。そんなことになってみろ。それこそ一大事だ。そうするもしないも女房のやり方次第、なんてこともあるぞ。菊江みたいに文句ばかりじゃやりきれないと思うよ、亮君は」

「とにかく笑顔で優しく接することね。会社のことを知ろうとしなくていいから健康に気を配ってゆったり受け止めてあげてね」

冨士子が一緒になって圭一の言葉を継ぐ。

「女房の力の発揮しどころじゃないか。菊江にしかできないことなんだから」

せめて同情となぐさめの言葉ぐらいはかけてもらえると思っていた菊江に、兄夫婦は菊江の甘えを寄せ付けなかった。菊江にとって無理解な兄夫婦への反発と夫、亮への一層の不満を募らせて菊江は遅い夜道をうなだれて歩いてきた。

冬の夜空の冴え渡った月も星も仰がず、闇に咲くさざんかの花影も見ず、救急車のサイレンにも気づかず、菊江はただ俯いて口をとんがらせたまま帰宅した。

亮と愛子と眞弓とで菊江の帰りを待っていた。ポットにお湯を満たし、散らかった新聞や雑誌を整え、灰皿を洗い直し、あちこちの明かりをつけて皆が少しずつ動いて菊江の帰りを待った。

「もしかしたら何かおみやげ買ってくるかもね」

眞弓がはしゃぐ。たった四人の家族が久し振りで顔を合わせるのを、心待ちにしているのだ。それなのに、帰ってきた菊江は仁王立ちになり、「電気つけっぱなしでいつまで起きてるの！」の一言しかなかった。

亮は自分が情なかった。皆が菊江の帰りを待っていたことを伝えられなかったことが、菊江の見当違いの言葉をたしなめられなかったことが歯がゆかった。止むことのない上瞼の痙攣がいっそう亮を惨めにした。

浜岡印刷は毎日遅くまで明かりがついている。今日も数人が残業だ。電話が鳴っている。こんな時間の電話なんて予想がつかなかった。しばらくベルの音を聞いてから亮は訝しげに電話に出た。

「義姉さん？　めずらしいなあ。どうしたんです。話がある？　明日ですか、いいですよ。はい分かりました」

菊江が兄夫婦を訪ねたことは知っていたがまさか義姉、冨士子から電話が来るとは思ってもいなかった。突然の電話に気安く返事をしてしまったものの亮にとって今は一時間でも貴重な時間だ。明日冨士子と会う分、仕事は今夜の内に補っておかなければならない。今晩は会社に泊まり込みで仕事を進めておかなければ間に合わない。

菊江へ電話を入れた。今夜は帰れないことだけを告げた。菊江はあっさり聞き入れてすぐに電話は切れた。その瞬間、晩秋のあの夜、初めて二階の小部屋に泊まった時のように、亮の心に言い知れぬ解放感が流れた。

僅かな時間の睡眠をとるために小部屋の押し入れから湿った布団を引き摺り出した。その寝心地とは裏腹に亮は珍しく安眠することができた。

冨士子は駅ビルの入り口で本を読みながら亮を待っていた。ロングヘアーをさり気なく束ね、地味なコートの襟元には赤いスカーフが見え隠れしている。五十半ばの長身の彼女のセンスは人込みの中でも目立っていた。亮は遠目で冨士子を見付けた。

「待たせてすみません」

亮は急ぎ足で息を弾ませ、素直に頭を下げた。

「昼飯は?」

冨士子は微かな笑顔で首を横に振った。

「私もまだなんです。外寒いから駅ビルでもいいですか」

亮は冨士子の返事を待たずに歩き出し、上階のレストラン街へ向かった。エレベーターの中で人々の視線は皆扉の上方を向いている。冨士子も顔を上げ、階の数字を目で追っている。亮は斜め後ろからそんな冨士子を見ていた。鼻筋の通った細面の頬に片笑窪が出るのは右だったか左だったか……

中華の店の窓側に座った。亮は煙草に手をかけたがふと冨士子の煙草嫌いを思い出した。

「この間菊江さんが見えたのよ。いろいろ大変なようね」

「そうですか。こぼしていたでしょう。すみません」

窓の下では車や人が目まぐるしく動いている。ついさきほどまで自分もあの流れの中にいたのだ。亮は束の間の安らぎを覚えながらしばらく窓の下を眺めていた。

「私も多少は菊江さんの気性知っているつもりよ。それでね、頼まれもしないのに出過ぎたことと叱られるかもしれないけれど、亮さんの手から菊江さんにこれを渡してあげて」

冨士子はやや厚みのある封筒を差し出した。

「私のへそくり。返してもらうのはいつでもいいのよ。ウチの人にも菊江さんにも黙っているから安心して」

「菊江、金の無心に行ったんですか？」

「いいえ。でも愛子ちゃんのことも気掛かりでしょ。生活費が無いと女は騒ぐのよ。あっちもこっちも問題をまぜこぜにしてね。鈴蘭出版のことはニュースで私も知っているわ。亮さんは必ず建直す、と堅い信念を持つのよ。菊江さんに下手に騒がれるとその信念も揺らいでしまうと思うの」

運ばれてきた温かい料理を前にして淡々と語る冨士子を、亮は見つめた。義姉さんはいつでもおおらかだ、大変そうなことでもさらっとやって退ける人だと以前、菊江から聞かされていた。その冨士子が浜岡印刷を、亮の家族を気にかけてくれている。

「里の両親も事業していたからね。私は子供の頃からずっと親の苦労を、と言うか父と母の心の動きを見てきたの。父の資金繰りの苦労もね」

温かいスープを一口飲んだまま冨士子の目を見詰めて聞いていた。

「時間とお金が有るか無いかで人の心は変わってしまうのよ。幾つも幾つもそんな例を見てきたわ。だから亮さんたち二人の気持ちが手にとるように分かるの」

冨士子は時折過去を手繰るようなまなざしで窓の外に目を移す。切れ長のその目は突然亮に戻され、「ほら、食べる手が止まっている」と子供でもたしなめるようにいたずらっぽく笑う。すっかり冷めてしまった料理を再び食べ始めたが、亮の胸は暖かいもので満たされていた。

自分を理解してくれる人がいる。それだけで充分だ。力が湧いてくる。分かってくれ、とわめいたわけではないが皮肉なことに無理解な菊江を通して冨士子という理解者が現れたのだ。思ってもみないことだった。

「無理して無理して闇雲にがんばることはないと思うの。亮さんの歩幅で歩き続ければいい。きっと良くなると信念を持ってね。ねっ」

亮を見つめてもう一度念を押すように、ねっ、と言ったその時、冨士子の右頬に笑窪が現れた。右だったか……。笑窪はすぐに消えた。

亮はその日の内に心尽くしの封筒を、約束通り冨士子の名を伏せて菊江に渡した。菊江は、当然よ、とでも言いたげな口振りで受け取った。せめて、ありがとうの一言が欲しかった。冨士子の暖かい心配りを踏みにじってしまったようで亮はひどく申し訳なく思った。あまり飲めもしない酒を無理に流し込んだ。旨くもなく酔いもせず、水槽を叩いて魚を驚かせ、大人気ないことをしている自分に腹を立てていた。

ドア越しに菊江と娘たちの話声が聞こえてくる。菊江の高笑いに虫酸が走った。

湯の香を残して菊江が鏡台の前に横座りに座っていた。亮は思わず菊江を引き寄せた。何よ、と菊江は気色ばむ。いいじゃないか、亮の腕に力が入る。菊江は体をよじって逃れようとする。化粧瓶が倒れた。亮は菊江の胸をまさぐろうとした。止めてよ。亮の腕を払い除けようと畳が擦れる。亮の力が強まった。

「いや！　いい気にならないでよ」

「どういうことだ」

亮の力が一瞬怯んだ。

「この間、お金持ってきたからって」

「なんてことを言うんだ！」

鏡台の前に座り直した菊江は、勝ち誇ったように鏡の中から亮を見ている。菊江の強く結んだ唇の端が小刻みに震えている。

そんな受け止め方をしていたのか……。亮も鏡を通して菊江を睨み付けた。鏡に写る菊江がどんどん遠のいて見える。亮は鏡の中に他人を見た。

冨士子の右頬の笑窪が浮いては消える。菊江とふとその気になったのは冨士子のせいか。

まさかまさか。亮はかぶりを振った。

菊江のささくれだった態度はひどく亮を神経質にした。亮のいらだちが更に菊江をささくれさせた。負が負を招いた。こんなことで無駄なエネルギーを使いたくない。亮は会社の小部屋に泊まり込んだ時の得体の知れないあの解放感を思い出していた。当分の間、あの小部屋で寝泊まりし、時間も空間もすべてを仕事に費やそう。亮はぼんやり考えてみた。今はそれしか考えられなかった。

「そう、会社で寝泊まりするの。泊まり込むのなら下着や洗面用具がいるわね。シャツやズボンも有ったほうがいいかな。息抜きにテレビも持って行く?」

菊江は俄に活気づいて早口になる。気配りを通り越して追い出しではないか。待ってました、と言わんばかりではないか!

「家と会社を往復しない分、体が疲れなくて済むでしょ」

倒れた化粧瓶の始末をしながらなおも鏡の中から声を発する。

菊江の無神経な言葉が亮の体の中でこだまする。鏡の中の他人は実像でも他人に見えた。いそいそと泊まり支度をする菊江は何者なのだ。そんなに亭主の留守がいいのか? ゆったりと貫禄を付けた菊江の肉体が、亮の心中を無視して準備に動き回る。菊江の醜い後ろ姿から亮はやっと目を逸らせた。

菊江の入った後の湯船に深く身を沈めた。追い炊きのスイッチを押して湯を熱くした。冷えた足先がじんじんと音を立てるかのように疼いてくる。亮は目を閉じた。何も考えたくなかった。しかし菊江の声が耳について離れない。振り払っても振り払っても追いかけてくる。湯船の中で大袈裟な動作で顔を洗った。湯が大きく揺れる。何度も何度も繰り返す。そして波の静まるのを待った。足先が暖まってきた。冷えた心は一向に暖まらずもう一度追い炊きのスイッチを押した。菊江の声はもう聞きたくなかった。

浴室の小さな窓を押し開けた。冷気が流れ込む。窓の外には細い細い月があった。浴槽の縁に頭をつけ湯に浸ったまま、いつまでも月を眺めていた。


ぎごちなく亮の一人暮らしが始まった。不自由を感じる暇もないほど仕事に専念することができ、あの解放感はいつの間にか充実感に変わっていたのだ。

年の瀬を迎え、駅ビルの入口は買い物客でごったがえしている。クリスマスソングががたたましい。その人込みの中で亮は冨士子をすぐに探し出した。今日はえんじ色の帽子を被っていた。とても良く似合っていた。

「すみません。年末で忙しいところをお呼び立てしまして」

冨士子は、いいのよと言いながら人差し指を上に向け、早速エレベーターのほうへ歩き出した。エレベーターはこの間と同じレストラン街で止まった。どの店も込み合っていたが珈琲屋はひっそりしていた。二人の前にコーヒーの湯気が揺らめく。

「この間は本当にありがとうございました。約束どおり義姉さんの名は伏せてそっくり菊江に手渡しました。とても喜んでいました」

亮は礼儀正しく頭を下げた。冨士子はコーヒーをブラックで、亮はミルクだけを入れた。

「これはその時の一部です。ほんの僅かですがお返しできるようになりましたので。返せるときに渡しておかないとと思って」

「亮さんは律義なのね。感心だわ」

決して律義なんかではない。感心にはほど遠い。

「年越しできるの？　無理しなくてもいいのよ」

本当は無理なのです。とても渡せる状態ではないのです、この年末に。そうは言えなかった。金を返すことが目的ではなかった。亮はどうしても冨士子の顔が見たくて会う口実に返済を思いついたのだ。冨士子がまた一口コーヒーを飲んだ。右頬に笑窪が浮かんだ。

店内には亮の好きなメンデルスゾーンのヴァイオリンが流れている。ここだけは師走の時は止まっていた。

「義姉さんの声を聞くと元気が出ますよ。栄養剤みたいなものかな」

「こんな声で良かったらいつでもどうぞ」

「今、ほとんど会社で寝起きしているんです。ちょっとした部屋があるもので。家には週末に帰るだけかな」

「やっぱり無理しているのね。体、気をつけてね」

「いいえ、精神的にはずっと楽です。もう少しこのままでやって行こうと思っています」

何かを言いた気だった冨士子の口元に再びカップが運ばれた。

「電話、してもいいですか。何かとアドバイスしてほしいな」

「アドバイスなんて。そんなことは私にはできないわ」

冨士子から言下に断られた。ちょっとだけ気まずい空気になった。

「社長っていうのは孤独でしょ？　良い時はいいけど、ひとたびつまずくとね。寂しくてやり切れない時もあると思うわ。父が晩年、孤独の話をよくしてくれたわ」

せっかく孤独の話題が出ているのに、亮は電話にこだわっていた。

「そうだ。ツゥコールして一旦切ります。その直後に掛けた電話が私の電話、っていうのはどうです?」

亮は子供じみたことを言っている自分がおかしかった。いい年をして甘ったれている自分が滑稽だった。でも冨士子にはそんなことを言わせてくれる雰囲気があった。

「まったく子供みたいなこと思い付くのね。でも、おもしろそうかな。なんだか秘密の電話ごっこみたいね。私から掛ける時もそうしましょうか?」

冨士子は爽やかな笑顔と笑窪を残して歳末の雑踏に消えた。亮の足取りは軽い。冨士子とコーヒーを飲んだだけで足取りも気分も軽くなるだなんて、こんなに自分は単純だったのだ。亮は苦笑した。冨士子の顔を見たからと言って資金繰りが楽になるわけでもないし仕事が順調に進むわけでもない。ただ、どことなく冨士子の爽やかさが移ったような気がして、澱んでいた気持ちに透明度が増してくるような気がして、単純に嬉しかった。

勝手なもので亮はクリスマスソングのリズムに合わせて歩いていた。

年が明けた。苦し紛れの年末で、浜岡亮の一家にとって決して良い正月ではなかった。今年は愛子の高校受験もある。

「お姉ちゃん、毎晩遅くまで勉強しているよ。遅れを取り戻さなくちゃって」

傍らで愛子が照れている。

「そうか。愛子、一所懸命やっているのか。でもね頑張り過ぎることはないよ。無理して背伸して、それでも届かないことだってある。プチンて切れちゃったら困るだろ。愛子の背丈で精一杯やればいい。必ず愛子に相応しい学校があるさ。愛子の学資の心積もりはしてあるから安心して勉強しなさい」

愛子は身動ぎもせず父親の話を聞いていた。

「お母さんの言う何がなんでも公立でなくてはダメ、なんて思わなくていいんだからね」

愛子の表情がやっと緩んだ。愛子は苦しかったのだろう。もっと早く声を掛けてやればよかった。愛子を不憫に思った。愛子が学校を休み続けていたときに声も掛けてやらず、見て見ぬ振りを通した亮に、愛子の細やかな笑顔はこの上ない救いになった。

案じていた愛子の受験も無事に済み、久し振りで愛子の安らぐ顔を見た。公立に合格したことで菊江の機嫌もすこぶる良い。家中に暖かい空気が流れ、この家にも春がやって来るかに見えた。僅かながら好転し始めた浜岡印刷にも弾みがつきそうだ。

しかし、現実はすぐ目の前に突き付けられる。相変わらず手不足、時間不足は続き、亮の会社泊まりは年が改まっても変わることはなかった。年が改まっても先週の続きでしかなかった。

今では週末以外は会社での寝起きが当然、と言わんばかりの菊江の真意はどこにあるのだろう。早朝深夜に出入りする亮をさも億劫そうに扱う菊江の顔は見ないで済む、と亮も割り切るしかなかった。だが愛子のしばしば言う「お父さん、寝るだけでいいから帰ってきてね」には胸が痛んだ。

一日を終え、二階の小部屋に入ると亮はなぜかほっとする。一人暮らしの不自由はあるものの、家族と一緒の時とは違う安らぎがそこにはあった。自分は家族から逃げているのだろうか。独りになると自問自答が繰り返される。菊江もこんな風に考え込むことがあるのだろうか、とも。

いつの間にか、モーター音がうるさいと思っていた熱帯魚の水槽すら持込んでいた。愛子や眞弓からの電話に混ざって、ほんの時折掛かってくるツゥコールも安らぎの一つだった。ただ元気でやっています、と言うだけで長話をすることもなかった。

週末に久し振りに四人が揃った。

来週から友達のスナックを手伝いに行くことに決めてきた、と菊江の突然の宣言。家族は皆呆気にとられていた。

「パートは今まで通り続けます。スナックのほうは夜だから、毎日じゃないから大丈夫。心配も迷惑もかけません」

「なんのために、どうして？　頼むから止めてくれ」

「これからは教育費がかかるのよ、このままじゃやってけないわ。なんとかしなくちゃ。私だって考えているのよ」

菊江はまくし立てる。

「もう約束して来たのだから辞めるわけにはいかないの。止めても無駄よ。もう決めたことだから」

「断れ！　断って来い！」

「無駄だって言っているでしょ！」

「お母さんの好きなようにさせようよ。私たちなら大丈夫だよ。ね、お姉ちゃん」

愛子は黙って頷くと席を立ってしまった。眞弓が、末っ子の眞弓が懸命にこの場を治めようとしている。亮は家庭一つ治められないのか。菊江の鼻息は荒いままだった。今までなんのために直走りに走って来たというのだ。

「あれを直さなくては駄目だな」

亮はぽつりと呟いた。この場にはなんの関係もなく、脈絡なく「浜岡印刷」の看板が瞬時に頭に浮いたのだ。「浜」の字のさんずいの点が抜け落ちているのを直さなければと……。

菊江の発言通り、週に何日かの菊江の遅い帰宅にもなんとなくリズムがついてしまった。亮は菊江のスナック勤め以来、一日でも多く帰宅するよう心掛けていた。そんなある日、「お母さん病気で仕事休んでいるよ」と眞弓が不安気に伝える。傍らで、たいしたことはないと菊江は相変わらずの強がりを言う。

「今日は暇だから休んでいても平気なのよ。明日は行くつもりなんだから。余計な心配しないで」

「余計はないだろう、余計は。やはり無理なんだよ。とにかくスナックは辞めたほうがいい。金のことなら心配するな。少しずつ見通しがついてきたんだから。少しは家族のことも考えたらどうなんだ」

「そんなわけにはいかないって言っているでしょ。ちょっと風邪ひいただけなんだから」

「いい加減にしろ！　たまには言うことを聞け！」

亮は心底声を荒げた。すべての音が消えた。

沈黙が続いた。

静寂を破ったのは眞弓だった。

「お姉ちゃん、お粥じょうずに作るんだよ。お母さん、喜んで食べてるよ」

「ほう、お粥をね。いつ覚えたんだ？」

「冨士子おばさんに電話で聞いてたよ」

「冨士子おばさんか……」

めったに風邪など引いたことのない菊江が、亮にはかなりやつれているように見えた。

菊江が入院したのはそれから間もなくだった。嫌がる菊江を医者に行かせたところ、とにかく検査をと言う指示で入院になってしまったのだ。菊江の入院という思いがけない事態に、亮も愛子たちも当面の戸惑いはあったものの、間もなくそれにも慣れてしまった。菊江がいないことを三人がスムーズに受け止めていることに、菊江がいなくともパニックにもならないことにいささかの後ろめたさを覚えていた。むしろ家族の温度が上がっているのだ。それぞれが仕事に学校に、そして菊江の看病に張り切ってかいがいしく動いた。菊江はおとなしかった。観念したのか、病が進んでいるのか分からない。

「家のことは心配しなくても平気だよ。お父さんもお姉ちゃんも元気だから。皆で手分けしてちゃんとやっているから」

眞弓は、大儀そうにベッドに横たわっている母親の世話をかいがいしくやいている。

「お父さんは毎日帰って来る？」

「うん、張り切っているよ」

「そう、お父さんは張り切っているの」

そう言ったきりお母さん、口を閉ざしてしまったんだよと眞弓は亮に報告する。

お父さんのこと心配？　何よ今までずっとほったらかしにしていたのにって言っちゃったと、眞弓は屈託なく母親の弱点をついたらしい。

亮は眞弓から菊江の様子を聞くと、威勢の良い日頃の菊江の声が妙に懐かしく思えてきた。明日はなんとか時間を作って病院に行こう。なんと言うことか菊江の入院が家族をまとめる力になっていた。

「ねえねえお父さん」

「なんだ？」

「この間のお父さん、格好良かったよ」

「何が？」

「お母さんを怒鳴りつけた時」

亮はこいつめ、といいながら眞弓の頭を抱え込んだ。そして瞬間、眞弓をしっかり抱き締めてやった。


亮が菊江の下を訪れた時は日が暮れかけていた。そして思い掛けず病院の入口で冨士子に声を掛けられた。今、菊江を見舞って来たところだと言う。

「菊江さん、お待ち兼ねよ」

亮は挨拶もそこそこに病室へ向かった。ふと、後戻りして冨士子を呼び止めた。

「急ぎますか。もしそうでなかったらここの椅子で待っていてください」

亮は待合室の椅子を指差し、冨士子の返事も待たずに病室へ急いだ。

菊江は窓側を向いて伏せっていた。ひとまわり小さくなったように見える。

「たった今、お義姉さんが来てくれたの。その辺で会わなかった？」

「気が付かなかったな。いやぁ、遅くなってしまって」

何を慌ててる。なぜ取り繕う。瞬時に嘘をついてしまった。少しだけ声がうわずり、口調が早まっていることが自分でも分かる。菊江はそんな亮に気づく風はなかった。

「肝臓が少し疲れているんですって。このままもうしばらく入院しなさいって。ごめん」

「ゆっくり養生したほうがいい。家のほうはなんとかやってる。心配しないでいいからね」

「すみません」

すみませんか。なんと素直な言葉だろう。亮は菊江の乱れ髪を目で撫で付けながら、珍しく菊江を愛しく感じた。同時にたった今冨士子と擦れ違ったときの笑窪も脳裏を掠めた。

「あのー、まだ会社にずっといるの？」

「いや、なるべく家に帰るようにしている」

病に倒れて菊江は何を考えているのだろう。今まで菊江なりに菊江の方法で走って来た。歩幅が広すぎてつんのめってしまったのだ。菊江は自分でも計算違いだったと照れ臭そうに目を伏せる。

亮は布団の外に出ていた菊江の手を取った。あのぷっくりした手ではなく例の指輪も外されていた。

「手を握られるなんて何年振りかしら」

「手を握るなんて何年振りだろうね」

二人だけのことで、二人で笑い合ったのも何年振りだろう。

冬の日脚は早い。外はすっかり暗くなっていた。だれもが足早に歩いていた。


待合室にはだれもいなかった。ここに、と言った椅子にもだれも座っていなかった。亮は首を左右に振って、後ろも振り返って、何度も何度も繰り返して冨士子を探した。それから亮はポケットに手を突っ込んで車のキーを取り出した。

暗いのに、寒いのに冨士子は車の側で亮を待っていた。

亮は努めて平静を装った。

「途中まで送りましょう」

冨士子はすんなり車に乗り込んだ。

車の中では冨士子も亮もほとんど無言のままだった。問わず語らずの内に会話が成立しているような気がするのは亮の独り善がりだろうか。窓の外はコートの襟を立てたサラリーマン達が駅への道を急いでいる。十数分で冨士子の乗る私鉄の駅に着いた。

「ありがとう。菊江さんお大事にね」

「大きな仕事の納期が間もなくなんです。なんとかこなせそうですから。例の融通手形も心配要りません。この仕事で少しは楽になる予定です」

「仕事も家族も大切にして、亮さんは偉いわ。ねっ」

冨士子が車を降り際の、ほんのわずかな間のやり取りだった。ねっ、と言った時にくっきりと亮の好きな片笑窪を見た。

冨士子は風にひらめくスカーフを押さえながら雑踏に消えていった。亮はハンドルを握ったまま人込みに紛れて行く冨士子をいつまでも見送っていた。姿勢の綺麗な人だと気づいた。後ろ姿も美しかった。

あの人は「亮さんは偉い」と褒めてくれた。あの人がいてくれただけで今日まで続けて来られたのだ。冬の闇も吹き荒ぶ風も亮は怖くはなかった。亮は方向転換すると快適にアクセルを踏み込んだ。


「お母さんはもう夜のスナックのほうは辞めるって言ってたわ」

高校の制服がすっかり板に付いた愛子がコーヒーを入れてくれた。

菊江が健康を取り戻して、スナックも辞めてすべてがうまくいく、という保証はない。

小部屋を引き払うかどうかはその時決めればよい。亮は煙草を深く吸い込んだ。それから灰皿の灰を始末するとその灰皿を丁寧に紙でくるみ、ごみ箱に捨てた。

愛子は黙ってそれを見ていた。

よし、今度こそ「浜岡印刷」の看板を直そう。

亮は独り言を言うと勢いよく立ち上がった。

著者プロフィール

倉持 れい子（くらもち れいこ）

1943（昭和18）年東京生まれ。
東京都立高等保母学院卒業。
1993年第3回長野文学賞小説入選。
1995年第5回長野文学賞小説文学賞受賞。
1997年第7回長野文学賞随筆入選。
2003年随筆「物干台は天文台」で第9回小諸・藤村文学賞最優秀賞を受賞。
「橋」、「黒馬」同人。
著書に『女性たちの名文』（共著・泉書房）

迷い道

2003年11月15日　初版第1刷発行

著　者　倉持 れい子
発行者　瓜谷 綱延
発行所　株式会社文芸社
〒160-0022　東京都新宿区新宿1－10－1
電話　03-5369-3060（編集）
03-5369-2299（販売）

印刷所　株式会社平河工業社

ISBN4-8355-6537-1 C0093